ライアー・ライアーSS
嘘つき転校生は
学園島で波乱万丈な日々を送っています。

久追遥希

MF文庫J

CONTENTS

It's said that the liar transfer student controls
Ikasamacheat and a game.

口絵・本文イラスト：konomi（きのこのみ）

三者三様のメイド服ファッションショー

liar liar

四月下旬、とある日の放課後。

今日も今日とて、俺こと篠原緋呂斗は英明学園の校門前で一人の少女と対峙していた。

「全く……ここで顔を合わせるのも定番になってきたわね、篠原。これって偶然？　それとも、もしかして私と喋りたくて待ち伏せでもしているのかしら？」

「はぁ？　それはこっちの台詞だよ、彩園寺。帰る時間はいつもバラバラだってのに、どうして毎日毎日お前と遭遇しなきゃいけないんだ」

「あら、遭遇とは随分な言い草ね。せっかくこんな可愛い女の子を前にしてるのに、気の利いた台詞の一つも言えないの？　モテない理由が分かる振る舞いね」

そう言ってくすりと笑う赤髪の少女・彩園寺更紗。常勝無敗の《女帝》として名を馳せる彼女と、そんな《女帝》に初の黒星を与えた〝史上最速の7ツ星〟――すなわち俺がお互いに悪態をぶつけ合う、というこのやり取りは、俺の転校から一ヶ月も経っていない四月末の時点ですっかり恒例行事と化している。

が、もちろんこの遭遇が〝偶然〟だというのは真っ赤な嘘だ。

これは、ちょっとした……いや、そこそこ複雑で入り組んだ事情から〝共犯関係〟にある俺と彩園寺が、それでも体裁上は〝バチバチに仲の悪い二人〟という印象を保つために繰り返している一種の演目のようなモノである。

「…………」

そんなわけだから、俺の隣に控えている銀髪の専属メイドこと姫路白雪も、特に会話を制止するでもなくいつもの澄んだ瞳でじっとこちらを見つめている。……何故か少しだけ冷めたような、具体的に言語化するなら『何を堂々といちゃついているんですかこの二人は』とでも言いたげな気配を感じるが、とりあえず今は置いておこう。

まあ、とにもかくにも。

その後もいくらか煽り合った俺たちは、適当なタイミングで会話を切り上げることにした。あまり長く話していると、それこそ仲良く駄弁っているように誤解されてしまう。

「ってわけで……じゃあな、元7ツ星の箱入りお嬢様。俺の株が下がるから、ここから負けまくって底辺まで転がり落ちるなんてことがないように気を付けろよ？」

「ふん、そんなの篠原に言われるまでもないわ。貴方こそ、私から奪った赤の星を他の誰かに取られたりしたら一生呪ってやるんだから」

そんな捨て台詞を——これに関しては完全に本心から——口にしつつ、同時にくるりと背を向ける俺と彩園寺。そうして俺は姫路と、彩園寺は取り巻きの女子連中と一緒に歩き出そうとしたのだが、その直前だった。

「——あ、緋呂斗くん！」

「えへへ、やっぱり緋呂斗くんだぁ♪　こんなところでばったり会っちゃうなんて奇遇だね♡　それとも、これが運命ってことなのかな？」

　とたとたと小走りに校門を抜け、俺の目の前で立ち止まるや否や微(かす)かに上目遣いの体勢でこちらを見上げてくる少女・秋月乃愛(あきづきのあ)。

　彼女は、つい先日の《区内選抜戦》で俺と死闘を繰り広げたばかりの元強敵だ。英明学(えいめい)園高等部三年、通称〝小悪魔〟。栗色(くりいろ)のゆるふわツインテールが愛らしい顔立ちをより柔らかな印象に仕立て上げている反面、小柄な体躯(たいく)に不釣り合いなくらい大きな胸は、あざとく気崩されたブラウスの胸元をぐぐっと大胆に持ち上げている。

「ねえねえ緋呂斗くん♪　乃愛も一緒に帰っていいよね？」

　当の秋月は少し甘えるような声音でそんなことを言うと、えへへとはにかみながら俺の左側に回り込んできた。瞬間、逆サイドの姫路が一瞬だけムッとしたような表情を浮かべたものの、特に止める理由まではないのだろう。そのまま何も言わずに前を向く。

　だからというわけじゃないが、

「……まあ、俺は別に構わないけど」

「えへへ、やったぁ♪　じゃあ、緋呂斗くんには特別にこうしてあげる♡」

　あざとい口調でそう言いながらさらに身体(からだ)を寄せてくる秋月。彼女は俺を誘惑するようにぎゅうっと腕全体を絡めてくる――かと思いきや、ひどく遠慮がちな仕草で俺の制服の裾をちょんっと摘んだだけだった。

「……んっ……」

たったそれだけの接触でも秋月は少し恥ずかしそうに身を捩っている。……そう。理由はよく分からないが、例の《区内選抜戦》が終わってからというもの、秋月のボディータッチはかなり控えめなものになっていた。小悪魔的なあざとさは健在なのだが、その言動に時折〝恥じらい〟のようなものが見え隠れするようになったと言うべきだろうか。

(まあ、下手に動揺させられるよりは全然いいんだけど……)

あまり露骨にくっつかれると周囲(もとい姫路)の視線が痛すぎるし。

と――俺がそんな感想を脳裏に浮かべた、瞬間だった。

「……ふぅん? 貴方たち、いつの間にかそんなに仲良くなっていたのね」

後ろから、声が――それも、ついさっきまで聞いていたのと全く同じ声がした。振り返ってみれば案の定、そこにいるのは桜花の《女帝》こと彩園寺更紗だ。

「別にいいけれど。仲が良いのは構わないけれど、一応ここは公共の場よ? ちょっと距離が近過ぎるんじゃないかしら?」

胸元で腕を組みながらどうでも良さげな口調でそんなことを言う彩園寺だが、一瞬だけ俺の方に向けられた紅玉の瞳は『なに鼻の下伸ばしてんのよあんた……!』とばかりにどう見ても不機嫌そうな色を帯びている。

　そして、対する秋月の方はと言えば……。

「え〜？　もう、せっかく良い雰囲気になってたのに……って、そうだ！　ねえねえ《女帝》さん、だったら今から乃愛と〝勝負〟しようよ♪」

「？　いえ、勝負って言われても……今は私も貴女も6ッ星でしょ？　同じ等級なのだから、お互いに《決闘》の申請はできないはずだけれど」

「別に《決闘》じゃなくていいよ、ただの勝負♪　もし乃愛ちゃんが負けたら、言われた通り緋呂斗くんからちょこっと離れてあげる。逆に、乃愛が勝ったら《女帝》さんも緋呂斗くんにいっぱい優しくしてあげること♡」

「ふわっとした条件ね……それに、いつの間にか私が貴女に嫉妬してるみたいな構図になってるし。……ま、でもいいわ。私、売られた喧嘩は買う主義だから」

「えへへ、そう来なくっちゃ♪　それじゃ内容は……うーん、そうだなぁ」

　無事に彩園寺との対戦を取り付けた秋月は、何やら思い悩むように人差し指をぴとっと顎に当てる。続けて彼女は、大きな瞳をちらりと姫路の方へと向けて。

「そういえば、白雪ちゃんのメイド服って可愛いよね〜♡」

「？　ええと……それがどうかしましたか、秋月様？」

　困惑気味の口調で返しながら微かに首を傾げる姫路。

対する秋月は、不敵な笑みを零してとある単語を口にした。

――メイド服ファッションショー。

その限りなくストレートな名称の催しは、読んで字の如く、二人の参加者がメイド服を着て可愛さを競い合う……という内容のものである。

会場として選ばれたのは俺と姫路が住む館のリビング（変装もしていない状態の彩園寺がここへ来るには当然ながら一悶着あった）で、審査員は俺一人。正式な《決闘》じゃないからなのだろうが、かなり適当な設定である。

「えへへ……♡」

そして現在、先攻ということでフリフリのメイド服を纏っているのは秋月の方だ。思わず頭を撫でたくなるような愛らしさと、それと相反する官能的な妖艶さが見事に同居している。何というか、厄介なのは彼女が自らの〝武器〟をはっきり自覚しているところだろう。幼さを残しつつ密かに胸を強調するような角度、さらに仕草。よく見れば頬には薄っすらと朱が差しているのだが、それが余計に秋月の魅力を倍加させている。

「お帰りなさいませ、ご主人様。乃愛、ご主人様に会えるのをずーっと待ってました♡」

続けて真正面から上目遣いと共に繰り出される決まり文句。……危うく感嘆の声が零れるところだった。あまりにもあざとい。あざといが、同じくらいに可愛らしい。

ボリューム!!

「ぐ……ぬぬ……」

（……ん？）

と、何やら妙な声が聞こえた気がして部屋の隅に目を遣ってみれば、そこではクールな態度で壁に背中を預けた彩園寺が密かに悔しげな表情を浮かべていた。やがてこちらの視線に気付いた彼女はくいっと小さく顎を動かして、俺を部屋の外へと誘う。

念には念を、ということで、そのまま二階まで移動して——

「……可愛いじゃないっ！」

俺の両腕を掴んだ彩園寺は、何故かキレ気味にそう言った。

「何なのよ！　何であんたの周りにいる女の子はやたらめったら可愛いわけ!?　ぜっっったい何かバグってるわ！」

「そんなこと言われても……まあ、否定はしないけど」

「全くもう……ねえ、いい篠原？　分かってると思うけど、ちゃんと〝小悪魔〟よりあたしの方が可愛いっていうのよ？　あんな条件、絶対に呑めるわけないんだから！」

「分かってるって。……あと、その台詞はまあまあ可愛いぞ」

「うっさいバカ篠原っ！」

頬を膨らませながらそう言い捨てて、更衣室代わりの部屋へ消えていく彩園寺。……まあ、彼女の言い分はもっともだ。この勝負で秋月が勝ったら彩園寺が俺に優しくする、というルールだが、俺たちは例の〝嘘〟を露呈しないためにも表立って親しくするわけにはいかない。つまり、お気楽なファッションショーでも負けちゃいけない。

（けど、メイド服姿の秋月があれだけ可愛いってのはちょっと誤算だな……彩園寺を勝たせるにしても、反応が嘘っぽくならないように気を付けないと）

微妙に失礼なことを考えながらリビングに戻る俺。そこでは既に、見慣れたメイド服姿の姫路白雪と、こちらも同じくメイド服だが全く見慣れない秋月乃愛がもう一人の参加者が来るのを今か今かと待っていて――そして、

「………ふ、ふん」

「――――――」

次にリビングの扉が開いた瞬間、俺は無言のまま大きく目を見開いていた。

豪奢な赤の髪を彩る可愛らしいヘッドドレス、すらりとした身体を包み込むモノクロの色調、ふわりと広がるフリル付きのスカート。彩園寺からすれば抵抗のある格好なのか微かに頬が上気しているのが見て取れるが、秋月の前で下手に照れるわけにもいかず、大胆に晒された太ももを時折もじもじと擦り合わせているのが妙に色っぽい。

「……な、何よ。何とか言ったらどうなの、篠原？」

「え？　あ、ああ……えっと」

我慢できずに問い掛けてきた彩園寺と、ろくな反応ができずに固まる俺。……と、そん

な俺たちを見ていた姫路が、不意に「ふう」と小さく息を吐いた。　続けて彼女は、さりげなく助け船を出すかのようにこんな言葉を口にする。

「どうやら、勝負は付いたようですね」

「う～……そだね、さすがにこれは乃愛ちゃんの負けかも。えへへ、強いだけじゃなくてこんなに可愛いなんて、乃愛と《女帝》さんって似た者同士なんだね♡」

「そうですね、とても可愛らしかったです更紗様。ご主人様の反応も——顔には出ないのであくまでわたし個人の見立てではありますが——秋月様へのそれを90とするなら、更紗様は99といったところです。圧勝と言っていいでしょう」

「そ、そうかしら？　ふふっ、まあそれくらいは当然よね、うん」

姫路の評価に気を良くして口元を緩ませる彩園寺。秋月の方はそんな彼女にむーっとした視線を送っていたが、ふと首を傾げて隣の姫路に問い掛ける。

「ね、白雪ちゃん。ちなみに、何で100じゃなくて99なの？」

「？　何で、と言われましても……とても、とても簡単なことですよ？」

そんな問いに微かな笑みを浮かべた姫路は、澄んだ碧の瞳でちらりと俺の方を見遣ってから、至極当然の事実を告げるかの如く涼やかな声音でこう言った。

「——わたしのメイド服姿を初めて見た時のご主人様の反応が、どう考えても100点満点に決まっていますので」

イカサマメイドの強引で献身的な看病日誌

liar liar

——英明恒例の《区内選抜戦》が始まる少し前のこと。
音羽学園所属の高ランカー・久我崎晴嵐との《決闘》で大怪我……というほどでもないがそれなりの負傷を受けた俺は、医師からの勧告で自宅療養を行っていた。
普段なら学校に行っているはずの時間帯だが、さすがに昨日の今日で元気よく動き回るのは不可能に近い。とはいえ意識自体ははっきりしているため、ただ寝転がっているだけというのもなかなかの苦行だ。

「うーん……出かけたい」

「ダメです」

と——思わず漏れた俺の呟きに端的な否定の言葉を返してきたのは、いつも通りメイド服を纏った姫路白雪だった。彼女は上体を起こしていた俺にそっと身体を寄せると、そのまま宥めるような手付きでベッドへ押し倒してくる。
そうして一言、

「今日はしっかりと身体を休めてください、ご主人様。お医者様も絶対安静にと仰っていましたし、無理に動くと容態が悪化してしまいます」

「あ、ああ……そうだよな」

突然の行動にドキドキしながらも、姫路の言葉にこくこくと首を縦に振る俺。……何というか。俺がまともに動けないというこの状況が彼女の奉仕精神に火を付けてしまったらしく、姫路は昨日からずっとこんな調子だった。何から何まで世話をしてくれて有り難い限りだが、不意の接触が激増したため俺の心は一ミリも休まっていない。

「はい、そうなのです。……と、そういえば」

俺の返事に小さく頷いていた姫路だったが、そこでふと何かを思い出したように身体を捻ると、サイドテーブルに置いていた濡れタオルを手に取った。そうして姫路は、いつもの無表情でさらりと白銀の髪を揺らしながら平然とした口調でこんなことを言う。

「ご主人様。汗を拭いたいので、一度服を脱がせてしまってもよろしいですか？」

「え。……い、いや、あのな姫路？　俺が怪我してるのは足だけだから、汗くらいなら自分で拭けるぞ……？」

「もちろん分かっています。ただ、お風呂をご一緒するのは残念ながら許していただけませんでしたので、せめて汗を拭うくらいは……と」

（いやいやいやいやいや！）

心の中で何度も首を横に振る俺。……専属メイドに風呂場で世話してもらうのがNGなのは言うまでもないが、ベッドの上で服を脱いで汗を拭ってもらう――というのも、おそらくそれと同じかそれ以上にレベルの高い行為だろう。

だからこそ、

「だ、大丈夫だって、本当に。看病してくれるのはめちゃくちゃ嬉しいけど……こう、アレだから。何ていうか、そこまで来ると普通に恥ずかしいから……！」

「そう、ですか……では、せめて首周りだけでも」

「……まあ、それくらいなら」

俺がそんな言葉を口にすると、傍らの姫路はほっとしたように息を吐いて、それから小さな声で「失礼します」と囁きながら再び身体を近付けてきた。誘導されるがままにそっと上体を起こしてみると、彼女はもう少しで吐息が掛かりそうなくらいの至近距離から碧の瞳で俺を見つめ、そのままゆっくりと手を這わせてくる。瞬間、濡れタオルの温かい感触が首筋を撫で、途端にゾクゾクっとした心地良さが全身を駆け抜ける。

「ッ……！」

「――はい、拭き終わりました」

思わず声が漏れそうになった辺りで、姫路は微かに笑みを浮かべながらついっと俺から身体を離してしまった。それを見てほんの一瞬だけ名残惜しいような感覚を抱きかける俺だが、いやいやそうじゃないだろと首を振る。

「ふぅ……ありがとな、姫路。首だけでも大分さっぱりした」

「いえ、当然のことをしたまでです。メイドの仕事は何より〝ご主人様に尽くすこと〟ですので……まあ、掃除や洗濯などはご主人様が眠っている間に全て済ませてしまいましたので、そもそも他にやることがないのですが」

「有能すぎる……やっぱり、俺にはもったいないくらいだな」

「どうでしょう？　……案外、そうでもないかもしれませんよ」

何やら意味深な言葉を口にした姫路は、そこでくすっと笑みを浮かべてみせると、再びサイドテーブルの方へと身体を向け直した。そうして一転、彼女はトレイに乗せていたグラタン皿の蓋をパカッと開ける——瞬間、真っ白な湯気がむわっと立ち昇り、やたらと食欲をそそるホワイトソースの良い匂いが俺の鼻孔をくすぐった。

「さて。——ご主人様、そろそろお腹が空いてきませんか？」

「ん？　ああ……確かにそうだな。さっきまでは大したことなかったけど、この匂いを嗅いだら一気に空いてきたかもしれない」

「ふふ、それなら良かったです」

言いながら、姫路は自身の膝の上に耐熱仕様のランチョンマットを敷くと、その上にグラタン皿を移動させた。どうやら、中身はリゾットのようだ。

「ご覧の通り、今日のお昼はチキンの入ったチーズリゾットにしてみました。本当はお粥にするつもりだったのですが、ご主人様はあくまで怪我人であって病人というわけではありませんし……お粥では少し味気ないかなと思いまして」

「ああ、そりゃ助かる。姫路の手料理なら何でも美味いに決まってるけど、確かにお粥だけだとちょっと物足りない感じがするしな」

「はい。そして、ご主人様に物足りない思いをさせてしまったとなると、メイドとしての沽券に関わりますので」

大真面目な顔でそう言って、こくりと頷いてみせる姫路。そうして彼女は、手に持ったお洒落なレンゲを俺に手渡してくる――かと思いきや、何故か当のレンゲを使って一口分だけチーズリゾットを掬い取った。それから静かに唇を近付けて、

「ふー……ふー……」

「…………」

「ふー……、はい。ではご主人様、口を開いていただけますか?」

「……い、いやいやいや」

あまりの衝撃に数テンポ遅れて突っ込みを入れる俺。……何というか、ふーふーからのあーんはさすがに予想外と言うしかなかった。いや、姫路の奉仕精神を考えれば不思議はないのだが、そこまで俺の頭が回っていなかった。ベッドの隣に腰掛けたメイド服の美少女があーんを迫ってきている状況、というのは、ちょっとなかなか色々とヤバい。

けれど、そんな俺の動揺は（幸か不幸か）姫路には欠片も伝わっていないようで。

「……いかがなさいましたか、ご主人様？　何か嫌いなものでも？」

「い、いや、そうじゃないんだけど……タイミングの問題、っていうか」

「？……ですが、冷めてしまいますよ？」

あまりにも純粋な瞳で見つめてくる姫路(ひめじ)の好意を無下(むげ)にするわけにもいかず、俺はしばしの葛藤の末に目を瞑(つぶ)ったまま口を開くことにした。すると直後、レンゲが口の中に入り込み、チーズリゾットの優しい味わいがふわりと口いっぱいに広がる。

「ん……ああ、やっぱりめちゃくちゃ美味(うま)いな。チキンも柔らかいし、チーズは外がパリパリなのに中はとろとろだし、野菜も甘くしてくれてるし……うん、最高だ」

「ふふっ。お口に合ったようで何よりです、ご主人様」

（た、耐え切った……！）

少しだけ口元を緩めて嬉(うれ)しそうに言ってくる姫路に対し、俺は心臓をバクバクと高鳴らせながらも、ふーふー&あーんの最強コンボを——少なくとも表面上は——冷静に凌(しの)ぎ切ったことを内心で自画自賛する。……が、そんな事情を知る由(よし)もない姫路は、間髪容(い)れずに再びレンゲを俺に近付けると、

「では、まだまだたくさんありますので——もう一度あーんしてください、ご主人様」

「————」

俺の心臓がいつまで保(も)つかは、今のところよく分からない。

……その日の夜。

既に風呂にも入って（当然ながら一人でだ）寝る準備を万端に整えた俺の部屋に、コンコンと控えめなノックの音が響き渡った。

「すみません。ご主人様、お邪魔（じゃま）してもよろしいですか？」

「ん？　ああ、もちろん」

俺がそんな返事を口にすると、ほんの少しだけ間があってからガチャリと部屋の扉が開かれる。その隙間から顔を覗（のぞ）かせたのは、もちろん銀髪碧眼（へきがん）のメイド——ではなくて、

「っ……!?」

薄く際どいパジャマ姿の姫路白雪（しらゆき）、だった。

可愛（かわい）らしいレースの入った、白とピンクが基調のパジャマ。生地が薄いだけでなく全体的な布面積もやたらと狭く、眩（まばゆ）いお腹（なか）やら太ももやらが完全に露（あら）わになっている。何とも刺激的な……もとい、いっそのこと煽情的（せんじょうてき）な格好だ。

そんな姫路は、ベッドの真横に近付いてくるなり涼しげに切り出す。

「寝る前に一度様子を見に参りました。先ほどお風呂をいただいたばかりですので、このような格好でいることをお許しください」

「あ、ああ……それは、構わないけど」

「ありがとうございます。……、あれ？」

俺の答えにさらりと白銀の髪を揺らしていた姫路だったが、そこで彼女は、ふと俺の顔の辺りを見つめてピタリと動きを止めた。そのまま数秒の時が流れ、俺の緊張がちょうどピークに達したところで当の姫路がポツリと口を開く。

「少し顔が赤いですね、ご主人様。……もしかして、熱ですか？」

「え」

俺の顔色を照れではなく病気の類だと勘違いしたらしく、彼女は心配そうな声音でそんなことを言ってきた。格好が格好だけに前屈みで覗き込んでこられると色々なところが見えてしまいそうになり、俺は慌てて首を横に振る。

「い、いや、別にそういうアレじゃ――」

「いえ、まずは確かめなければなりません。……失礼します」

「ッ――――！」

俺の反論を封じるようにそう言いながら、パジャマ姿の姫路が横合いからそっと俺の身体に覆い被さってきた。熱の有無を測っているんだろう、おでことおでこがこつんと触れ合う。となると当然、まるでキスでもするみたいに顔と顔とが極限まで近付き、流れ落ちてくる白銀の髪はさらさらと俺の頬を撫で、薄っすら甘いシャンプーの匂いと共に姫路の零す「んっ……」という吐息が直接肌で感じられるようになる。組み敷かれている以上ろくに抵抗することもできず、俺の方はされるがままに受け入れる以外ない。

「む、むむ……」

結局、姫路が身体を離したのはそれからわずか十秒ほど後のことだったが……体感時間としては、大体三時間くらいの出来事だったと断言していいだろう。

「……はい。確かに熱はないようですね、安心しました」

自身の額に手を遣りながら、姫路はどこかぽーっとしたような顔でそんな言葉を口にする。そうして、ほんの少しだけ迷うような素振りを見せてから一言。

「それと……すみません、ご主人様」

「……？　え、何が？」

「自分からやっておいて何なのですが……その。い、今のはわたしも、少しだけ恥ずかしかったかもしれません」

「――――――」

照れたような声音でそう呟いて、さっと顔を背けてしまう姫路。見れば、白銀の髪の隙間から覗く耳たぶはいつの間にか真っ赤に染まっていて。

（……う、ウチのメイドが可愛すぎる……！）

当然ながら、それからしばらく眠りにつけなくなった俺だった。

季節外れの妄想クリスマス

liar liar

四月下旬のとある日。俺と彩園寺(さいおんじ)は、いつもの如(ごと)く〝愚痴会〟と称してとある古本屋の地下にある隠れ家的な喫茶店に入り浸っていた。

数多(あまた)の前例に漏れず、今日の話題も特に目的のない雑談だ。

「――あたし、五月ってあんまり好きじゃないのよね」

俺の対面に座って退屈そうに頬杖(ほおづえ)を突いている彩園寺は、パッション風味のアイスティーを一口飲んでから何の気なしに切り出す。

「だってほら、四月は色々とイベントがあるじゃない？　そもそも春休みがあるから前半は学校に行かなくて済むし、エイプリルフール……は特に何かやったりするわけじゃないけれど、他にもお花見とか入学式典とか」

「まあ確かに。だけど、それを言ったら五月にもゴールデンウィークがあるだろ？　ついでに、学園島(アカデミー)の交流戦イベントだってもうすぐだ」

「イベントはイベントでも、あたしの立場からしたら学園島(アカデミー)の大規模《決闘(ゲーム)》は精神を削られるだけだもの。あと、個人的にはゴールデンウィークを心から楽しめるのって五月より四月の方だと思うわ。休みの計画を立てるのは楽しいけれど、いざ五月に入ったらゴールデンウィークなんてあっという間に終わっちゃうじゃない」

「あー……まあ、そうかもな。五月病なんて言葉もあるくらいだし」

「そうそう。だから、そうならないためにも全部の月にイベントを並べておいて欲しいのよね。七夕とか、ハロウィンとか、クリスマスとか……そういう、楽しい感じのやつ」

「…………」

「……な、何よその目？」

「いや……お前、意外とそういうの好きだよな、と思って」

微かに動揺交じりの声音で問い掛けてきた彩園寺に対し、俺は小さく首を振りながらそんな答えを返すことにする。……強気な性格から何となく現実主義っぽいイメージのある彼女だが、必ずしもそういうわけではないらしい。そういえば、寝る時も愛用のぬいぐるみがないとダメなんだったか。

が、まあそれはともかく。

「七夕やらハロウィンは分かるけど……クリスマスってのはどうなんだ？　別にサンタクロースからプレゼントをもらえる、って年でもないだろ」

何となく気になってそんな質問をぶつけてみる俺。すると刹那、対面の席に座る彩園寺がくすっと口元を笑みの形に変えてみせる。

「あら、随分とロマンチックな意見ね篠原？　それとももしかして、クリスマスを楽しむ恋人たちを見て僻んでいるのかしら？」

「う……いや、別にそこまで性格悪くはねえよ。ただ単に、そういう陽キャなイメージがお前と全く結び付かなかっただけだ」

「ふふっ、ならそういうことにしておいてあげるわ。……って、あれ？　あたし今、何か唐突にディスられなかった……？」

記憶を遡るように眉を顰める彩園寺だったが、やがて「まあいいわ」と零して小さく肩を竦めてみせた。そうして彼女は、長いストローでグラスの中のアイスティーをくるくるとかき混ぜながら何気ない口調で続ける。

「ん……多分だけど、あたし普通にイベント事が好きなのよね。それも、世界中を巻き込むような大規模なやつ。ほら、たとえばあたしが全然知らないような国の人でも、クリスマスにはサンタさんにプレゼントをお願いするわけでしょ？　そういうのって、何かちょっと嬉しい気持ちになるもの」

「あー……まあ、分からないでもないな。一体感っていうか、非日常感っていうか。特に何かあるわけじゃなくても普通にテンションは上がる」

「そうそう。それに、ハロウィンの仮装じゃないけれど、サンタクロースの服ってすっごく可愛いと思わない？　あたし、一度でいいから着てみたいのよね」

「へぇ……」

純粋な口調でそんなことを言う彩園寺に対し、俺は何となく想像してしまう。……冷たい雪が降りしきる中、生地のおかげで暖かいんだか露出が激しくて寒いんだかよく分からないミニスカサンタの格好ではーっと両手に息を吹きかけている彩園寺。長い髪だけじゃなく服も頬も全部が赤くて、頭には微かに雪が掛かっていて——

「……のはら？　篠原ってば、どうしたの？」

「！　……あ、ああいや、何でもない」

「そう？　なら良いのだけど……っていうか、あんたも結構似合いそうね？　サンタじゃなくて、赤鼻のトナカイの方だけど」

「いや何でだよ……お前は俺にどうして欲しいんだ、彩園寺」

「ふふっ、そんなの決まってるでしょ？　トナカイなんだから一生懸命ソリを引けばいいんだわ。サンタのあたしが楽できるように、ね」

「しかもお前が乗ってるソリなのかよ」

彩園寺のからかいに対し、俺は呆れ交じりの突っ込みを返す。誰が乗っているソリであろうと普通に嫌だが、彩園寺を乗せて走るというのは一番いただけない。特に〝何だかんだでこういうのも悪くないかもな〟と思ってしまいそうな辺りが絶対にダメだ。

と、その時。

「——興味深い話をされていますね、お客様☆」

俺が頼んだホットコーヒー（気ままなブレンド）を運んできてくれたウエイトレスが独

特な口調でそんなことを言ってきた。隠れ家風どころか本物の隠れ家に近いこの喫茶店で見かける唯一の人間。俺と彩園寺以外に全く客がいないこともあり、正体こそ伏せているものの既にそこそこの顔見知りになっている相手だ。

そんなわけで、対面の彩園寺がくすっと笑みを浮かべながら言葉を返す。

「ええ。この男にはトナカイの格好がお似合いだって、貴女(あなた)もそう思うでしょ？」

「だから似合わないっての。確かにお前はソリの上でふんぞり返ってそうだけどさ、せめて俺もそっちに乗せてくれよ」

「そ、そう言われると一気に〝嫌な奴(やつ)〟感が出てくるわね……っていうか、ダメよ。ソリって結構狭そうだもの、あんたがあたしの隣に来たら……と、とにかくダメっ！」

何故(なぜ)かほんの少しだけ耳を赤く染めながらそっぽを向く彩園寺。

そんな彼女をニコニコと見つめながら俺の前にコーヒーを置いてくれたウエイトレスだったが、不意に「そういえば☆」と呟(つぶや)くと、胸ポケットから自身の端末を取り出してみせた。そのどこか色っぽい仕草に若干ドキドキする俺に対し、彩園寺がムッと唇を尖(とが)らせながらテーブルの下でペシペシと足を蹴ってくる。

とにもかくにも、ウエイトレスは相変わらず不思議なテンションで続けた。

「ちょうどいいので、お二人に良いモノを貸してあげます☆」

「？　……良いモノ？」

「はい☆　あのですね？　実はこれ、まだ開発途中のアプリなんですけど、暫定で付けられている名称が【思考領域映像化技術】――簡単に言うと〝今考えていることを無理やり映像化しちゃおう！〟みたいなシロモノなんです☆　まだまだ未完成みたいですけど、こういう遊びにならピッタリかなって」

言って、コトンとテーブルの上に端末を置くウエイトレス。既に該当のアプリが起動しているんだろう、画面には【人差し指でタッチしてください】との表示がある。

「「………………」」

窺うように正面を見ると、ちょうどこちらを見つめていた彩園寺と目が合った。……おそらく、考えていることは同じだろう。思考が全て映像化されるなら、サンタがどうとかいう妄想だけじゃなく、普段は隠せている内心やら感情やらまで軒並み露わになってしまうということだ。それは色々と、本当に色々と問題がある。

と、いうわけで。

「……せーので、タッチしましょう？　そうすれば、少なくともどっちが考えていることなのかは分からないわ」

「だな。……じゃあ、行くぞ」

阿吽の呼吸で作戦を練り上げ、そろそろと指を伸ばす俺と彩園寺。少しばかり躊躇したせいで二人の指が空中で微かに触れ合って、弾かれるように引っ込められて、もう一度静かに伸ばされて……ピッ、とテーブルの上の端末が〝承認〟を意味する電子音を鳴らした刹那、俺たちを囲むような形で投影画面が展開された。

『——ふぅ。これで、この街のプレゼントは全部配り終わったわね』

言いながら、ガチャリと民家の扉を開けて出てきたのは他でもない彩園寺更紗だ。可愛さだけを突き詰めたようなサンタの衣装。もこもこの素材だがスカートはかなり短く、真っ白なニーハイソックスとの間に目も眩むような絶対領域が構築されている。

そんな彩園寺は、寒そうに太ももを擦り合わせながら小さく呟く。

『全くもう、こんな日にソリが壊れちゃうなんてツイてないわ。トナカイにも逃げられちゃうし、ホント最悪……』

（いや、それは本当に最悪だな……）

『……ん？』

と、そんな不幸の只中にあるサンタもとい彩園寺が、ふと寒さで赤らんだ顔を少しだけ持ち上げた。すると、そこには一頭のトナカイが——否、全身にトナカイの着ぐるみを纏った篠原緋呂斗が二本足で立っている。

『よお、サンタクロース。何だよ、相棒に見放されたのか？』

『あ、あんた……どうしてこんなところにいるのよ』

『別に、偶然だよ。ただの通りすがりだ、今日の仕事はもう終わってる。……だから、雪の中で立ち往生してる誰かを乗せてやることくらいできないこともない』

『え……』

トナカイ(俺)の分かりやすくツンデレな台詞(せりふ)に、映像の中のサンタ(彩園寺)はほんの一瞬だけ言葉を失い、直後にかぁっと顔を赤らめた。そうして彼女は、相変わらずもじもじしながら、迷った挙句にちょこんと手を差し出してみせる。

『う……分かった、分かったわ。それじゃあ、本当はイヤなんだけど、でも他に適任がいないから——仕方なく、あんたに乗ってあげる』

『はいはい、じゃあそれでいいよ』

苦笑交じりに答えながら同じく手を伸ばすトナカイ(俺)。続けてトナカイ(俺)は、あろうことかサンタ(彩園寺)の前で屈(かが)み込むと、もこもこのサンタ服に身を包んだ彼女をひょいっと背中に負(お)ぶってみせた。彩園寺(さいおんじ)は彩園寺で、恥ずかしそうに耳を赤らめながらも両腕を俺の前に伸ばしてくる。まるで後ろから抱き着いているような格好だ。

そうして彼女は、そんな体勢のまま囁(ささや)くように一言。

『ね、ねえ篠原(しのはら)？　もし良かったら、このままあたしと——』

「「ッ……か、かぁああああああああっっっと!!」」

——瞬間、いよいよ耐え切れなくなった俺と彩園寺が同時に指を離したため、全方位に投影されていた映像は途中で掻(か)き消(け)されてしまった。そんな俺たちを横目に、ニコニコと

した表情のウエイトレスがテーブルの上の端末を回収する。

「残念☆　えっと……ちなみに今の、どちらの妄想だったんでしょうか？」

「どう考えてもこいつよ、こいつ！　あたし、あんなこと考えてないわ！」

「は、はぁ!?　俺だって考えてねえよ、絶対お前だ！」

「む～？　……あ、ごめんなさいお客様☆」

と……そんな醜い争いに割り込むように、ウエイトレスが再び声を上げた。そうして彼女は、可愛(かわい)らしくペロッと舌を出してこう告げる。

「わたしとしたことが、妄想の読み取りじゃなくて〝映像ランダム生成モード〟で使っていたみたいです☆　うっかりしてました～☆」

「な、何だ、そうなの……？」

彼女の発言に、途端に語気を緩めてとんっと椅子に座り直す彩園寺(さいおんじ)。その対面でほとんど同じ行動を取りながら、俺はそっと右手を額に押し当てて……内心で、一言。

（ば、バレなくて良かった……!!）

――そう。

本当はランダム生成でも何でもなく、二人ともが似たような妄想を繰り広げていたわけだが……その事実を知っているのは、やたら上機嫌に「～～～♪」と鼻歌を奏でながら去っていくこの店のウエイトレスただ一人、だった。

全ての猫耳は猫カフェに通じる

liar liar

——ある日の夜。

夕食を終えた俺がリビングでまったりとしていると、キッチンで紅茶を淹れてくれていた姫路が俺の目の前にカップを置きながらふとこんな話を振ってきた。

「そういえば……ご存知ですか、ご主人様？」

「ん……ご存知って、何をだ？　紅茶に関する雑学とか？」

「いえ、そうではなく——〝猫耳メイド〟という概念を、です」

「……はい？」

何かの聞き間違いかと思って短く問い返す俺。けれど、どうやらそういうわけでもないらしく、彼女は澄んだ碧の瞳で俺を見ながらピンと人差し指を立てて続ける。

「猫耳メイド……その単語は、主にインターネットのとある界隈にて熱狂的な信仰を集め続けています。メイドと言えば猫耳、猫耳と言えばメイド。もはや、そのくらいに親和性の高いものなんだとか」

「あ、あー……まあ、確かに組み合わせとしては定番かもしれないけど。でも、それがどうかしたのか？」

「もちろん、どうかしたに決まっています。ご主人様の専属メイドとして、定番アイテムの一つも知らないようでは立つ瀬がありませんので……ここは、わたしも猫耳というものを装着してみたいと思ったのです」

「思ったのかぁ……」

力強く言い切る姫路に対し、苦笑交じりの相槌を返す俺。……メイドという立ち位置も相まって基本は〝従順〟なイメージの強い彼女だが、性格的には意外と押しが強いタイプだ。一度決めたことを曲げるというのはなかなか考えづらい。

そんなわけで、俺も話に乗ることにする。

「えっと……それで？　早速ア○ゾンで探してみた、とか？」

「はい、一通り検索を掛けてみました。それだけでも非常に豊富なバリエーションが見つかったのですが、そこでふと思ってしまったのです。これなら、わたしたち――《カンパニー》で作った方がよほどクオリティの高い猫耳が完成するのではないか、と」

「《カンパニー》で、って……そんなのも作れるのかよ、お前ら」

「そうですね、形を真似るくらいならすぐにでも。ですが、問題が一つありまして……せっかく猫耳を作ろうというのに、肝心の猫の動きや仕草がいまいち把握できていないのです。やはり、猫耳とはぴこぴこ動く様が可愛らしいのだと思うのですが……」

「確かにそうかもしれないけど……でも、だったらどうするんだ？　そのためだけにペットを飼う、ってのはさすがに手間だと思うぞ？」

「はい、そこまでしようとはほんの少ししか思っていません。ただ……こちらはご存知でしょうか、ご主人様？　この世には〝猫カフェ〟なる施設が存在するということを」

「！　お、おお……」

ぐいっと顔を近付けてくる姫路に気圧されるように、俺はどうにか端的な返事だけを口にする。……猫カフェ。なるほど、猫カフェと来たか。

「猫カフェっていうと、アレだよな？　店内に猫がたくさんいて、餌をあげたり触ったり眺めたり写真を撮ったり……っていう」

「はい、まさしくその猫カフェです。本土では非常に人気があるとかで、学園島にも既に何店舗か進出しています」

相変わらず涼しげな表情を浮かべたまま微かに身を乗り出して、碧の瞳を普段の数割増しでキラキラと輝かせている姫路。ぐぐっと距離が近付いたことで、ふわりと良い匂いが遠慮なく俺の鼻腔をくすぐってくる。

それに言葉を詰まらせていると、右耳のイヤホンから聞き慣れた声が漏れ出してきた。

『行ってあげてよ～、ヒロきゅん！　白雪ちゃん、昨日からその店のチラシ見てずーっとうずうずしてたんだから！』

「っ……そ、そのようなことはしていません。加賀谷さんの見間違いではないですか？」

『んーん、絶対そんなわけないって！　おねーさん猫アレルギーだから一緒に行ってあげられないかもって謝ったら、ちょっとガチ凹みなトーンで「……そうですか」って言われたもん！　だからヒロきゅん、ピンチヒッターは任せたよん！』

「あー、なるほど……」

加賀谷さんからのＳＯＳを受け、俺は人差し指でそっと頬を掻く。当初の目的とは若干ズレているような気もするが……まあ、別に構わないだろう。

「じゃあ、研究も兼ねてってことで……今週末は空いてるか、姫路？」

「！」

俺の——言い終えた直後に気付いたがまるでデートの誘いみたいな——言葉に小さく目を見開いて、姫路はほんの一瞬だけくるりと後ろを向いてしまった。そうして彼女は、改めてこちらを振り返りながら微かに口元を緩ませて、

「もちろん、です。……楽しみにしていますね？」

とびきり嬉しそうな声音でそんな返事を口にした。

——週末。

俺と姫路は、二人して一番区にある猫カフェ《mew-mew》の前に佇んでいた。

《mew-mew》は一番区の中心街に位置する学園島屈指の猫カフェだ。開店当初は大通りを埋め尽くすような大行列ができたほどらしく、今でも予約なしで訪れたら数時間待ちが

当たり前の人気店である。

「では……そろそろ参りましょうか、ご主人様」

わくわくを抑え切れていない姫路(ひめじ)の声に「ああ」とだけ答えて、ガラス製の扉を押し開く俺。入ってすぐのところにあった受付で簡単な説明を受け、そのまま奥の部屋へと案内される——と、そこには、まるで異世界のような光景が広がっていた。柔らかい色調で整えられた広めの空間。お洒落(しゃれ)なソファやテーブルなんかが無秩序に配置されており、中心部にはタワー状の遊具があったり、頭上には木製の通路が張り巡らされていたりする。ひたすらメルヘンというか、遊び心の感じられる内装だ。

そして——まあ当たり前と言えば当たり前なのだが——視界には既にたくさんの猫が映っている。柔らかいカーペットに寝転がっているアメリカンショートヘアに、器用な足捌(さば)きでタワーを駆け上がるアビシニアン、他の客の膝上で丸くなっているマンチカンもいれば、我が物顔でフロアを闊歩(かっぽ)するスコティッシュフォールドなんかもいる。

「…………」

そんな光景を目の当(ま)たりにした姫路の反応は、と隣を窺(うかが)ってみれば、彼女はこの独特な世界と可愛(かわい)らしい猫たちにすっかり魅了されているようだった。一応澄ました顔をして両手を身体(からだ)の前に揃(そろ)えてはいるものの、澄んだ碧(あお)の瞳は忙(せわ)しなく猫たちを追っているのが分かるし、本人は隠せているようだが口元も微(かす)かに緩んでいる。

「ったく……ほら、姫路。別に我慢しないでいいんだぞ？」

「い、いえ……我慢など、全く微塵もしていません」

「でもさ、これって〝調査〟なんだろ？　ならもっと近くで見ないと意味ないって」

「……確かに、そういえばそうでした」

　では失礼して、と仄かに嬉しそうな声音で言いながら、姫路は慎重な足取りでその空間へと踏み入った。しばらく真剣な表情で逡巡した後、彼女が狙いを定めたのは真っ白な毛並みのメインクーンだ。パンフレットによれば〝ミィナ〟という名前の猫らしい。

「ミィナ様、ですか。……えっと、こうやって」

　そんな麗しき白猫の近くにそっと両膝を突いて、姫路は少し前屈みになりながらそろそろと右手を伸ばしていく。その指先が、やがてぴとっとミィナに触れた。

「！　……ご主人様、凄いです。わたし、猫に触っています！」

「……え？　もしかして、普通に触るのも初めてなのか？」

「はい、実はそうなのです。わ……こんなに柔らかいのですね……」

　さらさらとミィナの毛並みを楽しみながら、姫路が感極まったような声を上げる。対するミィナの方もさすがに慣れているのか、知らない人間に触られたからと言って邪険にするようなこともない。それどころか可愛らしい鳴き声を上げながら姫路の足に身体を擦り付け、甘えるように「もっと撫でろ」とアピールしている。

「〜〜〜〜〜〜！　か、可愛いです。本当に、それ以外の感想が何も言えなくなってしまいますね……このままではダメになってしまいそうです」

「まあ、確かにな。でもさ、そういう意味でも猫カフェくらいがちょうどいいんじゃないか？　飼ってないからこその非日常感、っていうか」

「なるほど……ぇへへ」

俺の言葉に得心の頷きを返しながらも、即座に〝堪え切れない〟といった様子でふにゃふにゃと頬を緩める姫路。……普段から冷静で完璧なメイド姿ばかり見ているせいで、こういった油断と隙だらけの仕草を目の当たりにしてしまうとどうしてもドキドキしてしまう。平たく言えば、今の姫路は冗談じゃないくらいめちゃくちゃに可愛い。

「っ……」

故に俺は、気を紛らわせるためにもこんな提案をしてみることにした。

「な、なあ姫路。この店って、ただ触ったり遊んだりするだけじゃなくて猫との写真を撮ることもできるみたいだぞ。せっかくだし、やってみないか？」

「！　もしかして、撮っていただけるのですか？」

「そりゃまあ」

同居人がこれだけ楽しそうにしてくれているのにカメラマンも満足に務まらないなんて、そんなの罰が当たってしまうだろう。

　というわけで、俺はポケットから自身の端末を取り出すことにする。

「それじゃ、適当にポーズとかしてみてくれ。背景は完璧だし猫の方もかなり姫路に懐いてるみたいだから、どうやっても様にはなると思うけど」

「ん……そう、ですね」

　むむ、としばし難しい顔で考え込む姫路。

　そうして一転、彼女はおもむろにミィナの手を取って、寄り添うような格好でカメラの方へ視線を向けた。俺が端末の画面を覗き込んだ瞬間、姫路はヘッドドレスの乗った頭をミィナの額にこつんと触れさせるようにして、か細い声音でこんな声を上げる。

「にゃ、にゃぁ～」

「ッ……！」

　あまりにも破壊力抜群な仕草と鳴き声に、呆けてしまって一瞬だけシャッターを切り損ねる俺。が、その後すぐに正気に戻り、撮影方法を〝連射モード〟に切り替えて素早く写真に収めていく。メイド服姿の姫路とアイドル猫ことミィナのツーショット……出すところに出せばとんでもない値段が付きそうだが、俺の宝物にさせてもらおう。

　そして……、

「――楽しかったです、とても」

　およそ二時間後、予約していた時間が終了するギリギリまで猫たちの愛くるしさを満喫した俺たちは、二人揃って《mew-mew》を後にしていた。

隣を歩く姫路は満足げな表情でふぅと微かな息を零している。

「想像していた以上に素敵で貴重な経験ができました。今日は誘っていただいてありがとうございます、ご主人様」

「ああ、それなら良かった」

素直な感謝の言葉に頷いて返す俺。……まあ、俺もその意見には賛成だ。確かに今日の猫カフェ体験は素敵で貴重な経験だった、のだが。

「でも……あのさ、姫路」

「？　はい、何でしょうかご主人様？」

「勘違いだったら悪いんだけど……確か俺たち、猫耳のモーションを研究するためにあの店に行ったんじゃなかったか？」

「…………あ」

大通りの真ん中で顔を見合わせる俺と姫路。

結局、こうなることを予測していたらしい加賀谷さんが自作の猫耳カチューシャを持って待ち構えていたりするのだが……それは、また別の話だ。

――きっかけは、加賀谷さんの零した何気ない一言だった。

『んー？　あれ……ツムツム、もうちょっとで誕生日みたいだねん』

「……誕生日？」

一瞬何のことだかよく分からず、小さく首を捻る俺。

ツムツム――もとい椎名紬というのは、つい先日幕引きを迎えた五月期交流戦《アストラル》でめちゃくちゃに暴れ回った天才中二病ＪＣだ。取り調べから解放された彼女は英明学園が引き取ることになっており、その過程で加賀谷さんが個人情報やら何やらを（無断で）調べていた。そんな最中での発言である。

「誕生日って、あの誕生日ですか？」

『その誕生日以外に何があるのかは知らないけど、そだねん。六月六日！　英明のお仲間になるんだし、盛大にお祝いしたげれば？』

「ん……」

加賀谷さんの提案を受け、俺はそっと右手を口元へ遣る。……盛大に、と言われてもあまりピンと来ないが、今の俺は〝偽7ツ星の活動資金〟という名目でそれなりの島内通貨を使える立場だ。プレゼントくらいは買ってやってもいいかもしれない。

そんなわけで俺は、善は急げとばかりに当の椎名へ電話を掛けてみることにした。ほんの数回のコールが流れた後、すぐに元気な声音が耳朶を打つ。

『もしもしお兄ちゃんわたしだよ紬だよ元気だよっ！』

「早いな。あと、夜だってのにめちゃくちゃテンション高いな」

『そりゃそうだよ、だってわたし闇の眷属だもん！　ううん、むしろ闇がわたしの眷属まである！　だから朝より夜の方がずっと元気だよ？』

えっへんと得意げな声で言い放つ椎名。相変わらずの昼夜逆転っぷりに微かな苦笑を浮かべつつ、俺はさっそく本題に入ることにする。

「なあ椎名。お前、もうすぐ誕生日なんだって？」

『！　わ、何で知ってるのお兄ちゃん!?　まさか、わたしの魔眼に閉じ込められた【過去視】の能力を吸収して……！』

「違う、人から聞いたんだ」

『なぁんだ。……うん、お兄ちゃんの言う通りだよ。わたしの誕生日は六月六日！　魔界を統べるわたしが生まれたおめでたい日だから、地球的には多分祝日！　一日中ベッドでゴロゴロしながらゲームしててもいい日！』

「一日中ゲームって……いや、他にも何か……こう、あるだろ？」

『他にも？　他は……えっとえっと、島内SNSで風船が上がる日！　色んなゲームのログインボーナスが豪華になる日！』

「…………」

あとは～、と続く椎名の話を聞きながら、じっと端末画面に視線を落とす俺。……そうだ、忘れていた。椎名紬は小学校すらまともに通っていない〝引き籠もりエリート〟というやつだ。当然、家族以外の誰かと誕生日を過ごしたことなどあるはずもない。別にそれが必ずしも悪いことだとは言わないが――加賀谷（かがや）さんが零（こぼ）していたように、たまには盛大に祝われてみてもいいんじゃないかと思ってしまう。

「……なるほど、話は分かりました」

「！」

と――その時、不意にそんな言葉が聞こえて俺は小さく顔を持ち上げた。いつの間にかすぐ隣に立っていたのはメイド服姿の姫路白雪（ひめじしらゆき）その人だ。椎名の話に思うところがあったのか、彼女は白銀の髪をさらりと揺らしてこんなことを言ってくる。

「ではご主人様、六月六日は椎名様のお誕生日会をすることにいたしましょう。人見知りなのは存じていますので、わたしは裏方で構いません」

「え、でも……いいのか？　結構大変だと思うけど」

「大丈夫です。お任せください、ご主人様――このわたしが、椎名様の誕生日に対する認識をたった一日で塗り替えて差し上げます」

澄んだ碧の瞳に闘志を燃やしながら静かに呟く完璧メイドこと姫路。……まあ、気持ちは分からないでもない。純粋だからなのか何なのか分からないが、椎名には無性に〝幸せにしてあげたくなる〟ような雰囲気というかオーラがある。

と、いうわけで。

「じゃあさ、椎名――その日の放課後、ちょっと空けといてくれ」

とりあえず彼女との約束を取り付けた俺は、気合充分な姫路と共に、当日へ向けて諸々の準備を始めることにした。

六月六日、月曜日。すなわち椎名紬の誕生日当日。

俺は英明の授業が終わるなり学長室へ寄って椎名を拾うと、二人して館まで戻ってきていた。広い玄関へ足を踏み入れるなり、椎名が「ふわぁ……」と感嘆の声を上げる。

「おっきいお家……ここ、お兄ちゃん一人で住んでるの？　それとも、もしかして使用人さんとかもいっぱいいる……？」

「いや、住んでるのは俺ともう一人だけだ。心配しなくてもそいつは出てこないよ」

「そっか。……えへへ」

俺の返答を受けてほっと安心したように胸を撫で下ろす椎名。……ちなみに、その格好はいつも通りのゴスロリドレスだ。漆黒と真紅のオッドアイ（カラコン）もばっちり決まり、胸にはロイド――ケルベロスのぬいぐるみを大事そうに抱えている。

そして、俺がそんな椎名を案内したのはリビングのさらに奥にあるシアタールームだった。ソファが一つとローテーブルが一つ設置されており、その正面の壁には特大サイズのスクリーンが堂々と埋め込まれている。

「わぁ……すごいすごい、ゲーム専用のお部屋だ！　ソファもふかふか～！」

「専用ってわけでもないけど、まあ似たようなもんか。……で、だ」

そこまで言った辺りで、俺はテーブルの上に用意していた二つのアイテムを手に取ることにした。一つはカラフルな文字が書き込まれた長方形のボードで、もう一つは〝本日の主役！〟と記された襷(たすき)状のパーティーグッズ。襷の方を椎名の首にふわりと掛けてやってから、俺はこの誕生日会のルール説明に移行する。

「今日、六月六日はお前の誕生日だ。だから、ちょっとしたゲームをしようと思う――まずはこのボード。右半分が椎名の〝持ち点(ポイント)〟を管理する欄で、左半分はポイントと交換できる〝景品〟の一覧になってる」

「うんうん」

「ルールはめちゃくちゃ簡単(シンプル)だ。椎名は今からこの部屋で俺とゲームをしまくって、勝てば勝つほどポイントを獲得できる。で、そいつを好きなタイミングで景品と交換できるって寸法だ。ケーキもあるしチキンもある。ちなみに、飽きるまで続けていい」

「ケーキ！　チキン！　飽きるまでっ！　……い、いいの⁉」

嬉しそうに目を丸くしながらも、案外聞き分けの良い椎名はほんの少しだけ不安そうに訊いてくる。だから俺は、彼女の襷を指差しながらニヤリと笑ってこう言った。

「良いに決まってる——何しろ、お前は〝本日の主役〟だからな」


「あはははははっ！　くらえ、エターナルハリケーンっ‼」

——それから、およそ一時間後。

俺と並んでソファに座った椎名は、それはもう楽しそうにゲームをプレイしていた。

キラキラ輝くオッドアイは終始モニターに釘付けで、窮屈だからか靴下さえも脱ぎ去った素足はさっきからパタパタと上機嫌に揺れている。何というか、これだけでも色々準備した甲斐はあったというものだ。

けれど、椎名はゲームの勝敗よりもエンタメ性を優先させてしまう——たとえば詠唱なんかも毎回フル尺でやってくれる——節があり、そのため肝心の持ち点は今もあまり溜まっていない。そこで俺は、予め仕込んでいた作戦を発動することにした。

「なあ椎名、そのボードの一番上に〝サポーター解禁〟ってのがあるだろ？　それ、オススメだからちょっと選んでみてくれないか？」

「これ？　うん、分かった！」

疑いもせずにボードの右側から自身のポイント（色付きのチップで管理している）を一つ取り、景品一覧の最上部へと移動させる椎名。それを見た俺は、傍らに置いていたケースから片耳タイプのイヤホンを取り出すと、そいつを椎名の手に乗せる。こてりと不思議そうに首を傾げながらも、彼女は素直にイヤホンを装着して——瞬間、

『〝サポーター解禁〟の景品をお選びいただきありがとうございます、椎名様。ただいまより、わたしがサポート担当として椎名様の補佐をさせていただきます』

「!? 喋った！　すごいすごい、メイドさんみたい！」

イヤホンから流れ込んでくるサポート担当・姫路の第一声に、椎名はぱぁっと嬉しそうな笑みを浮かべながらはしゃいだような声を上げた。……要するに、二対一の構図というわけだ。これなら一切の手抜きなしでもパーティーはかなり豪華になる。

『では——参ります、ご主人様』

そんなわけで、早々に第二ラウンドが始まった。


「ふわぁあああ〰〰〰!!」


——三時間後。

たっぷり遊びまくった後でそろそろ夕食にしようという話になり、そこで椎名が大量の持ち点を放出した結果、テーブル上には豪勢な料理が所狭しと並んでいた。グラタンにパ

スタにハンバーグにチキンにオムレツに……といったパーティーの定番メニューと、それから中央にドンっと置かれた誕生日ケーキ。特にケーキは今日のための特別仕様というやつで、ロウソクの間には椎名の相棒ことロイドを模った装飾が施されている。

「すごいすごい、わたし専用のケーキ!?　こ、こんなの売ってるの!?」

「いや、売ってない。こいつはお前のために作ってもらったんだ」

「わたしの、ために……」

ポツリと呟く椎名。そうして彼女は、小さく首を傾げて続ける。

「もしかして……その人って、お兄ちゃんと一緒にここに住んでる人？　イヤホンの向こうでサポートしてくれてたのも、その人？」

「ああ。ついでに言えば、今日の計画をしてくれたのも半分以上はそいつだ」

「…………これ」

俺の返答を受けて、椎名はすっとボードの一番下を指差した。そこには【サポーターとの対面（20ポイント）】と書かれた欄がある。

「会えるの？」

「まあ、ポイントは足りてるな。……会いたいか？」

「……うん、会ってみたい」

躊躇いながらも頷く椎名。俺の右耳からは密かに『……聞いていません』と抗議の声が

本日の主役

聞こえるが、俺だってついさっき思い付いたばかりなんだから仕方ない。

ともかく――椎名がチップを移動させると、その直後、ガチャリと扉を開けてメイド服姿の姫路白雪が室内に入ってきた。見知った人物、というかおそらくは予想通りの人物だったからだろう。椎名が「ぁ……」と微かに嬉しそうな声を漏らす。

そうして彼女は、ロイドをぎゅっと抱き締めながら姫路の前に進み出て。

「っ……ありがとう、お姉ちゃん！　お姉ちゃんのおかげで今年の誕生日はすっごく、すっごく楽しい！　だから、お姉ちゃんも一緒にケーキ食べよ？」

「……はい。もちろん、ご一緒させていただきます」

椎名からの可愛らしい〝お願い〟にふわりと相好を崩してみせる姫路。

「ところで……椎名様、何か欲しいものはありますか？　余興と料理はこの通り準備したのですが、肝心のプレゼントがなかなか決まらなくて」

「欲しいもの？　う〜ん、そうだなぁ……あ！　それじゃ、お兄ちゃんがいい！　お兄ちゃんは、偉大なわたしの【契約者】！」

「……なるほど」

パッと顔を明るくしてそう言った椎名に対し、姫路はさらりと髪を揺らして頷いた。そうして彼女は、微かに口元を緩めながら一言。

「では――こちらもゲームで勝てたら、としましょうか」

美少女ハンターとスイーツマスター

liar liar

『今週の金曜日……放課後、空いてる？』

　そろそろ梅雨も終わりが近付いてきた六月下旬。

　珍しい人物から掛かってきた電話とその内容に、俺は思わず眉を顰(ひそ)めた。

　今週の金曜は空いているか。……素直に捉えるなら、その日に何らかの予定を入れたいという前提での問い掛けだろう。声の主が異性であるという事実を加味すればちょっと嬉しいというか、胸が躍るシチュエーションだと言えなくもないが。

「……皆実(みなみ)？」

　嘘(うそ)でも演技でも何でもなく、俺は困惑交じりに問い返す――そう、端末の発信者欄に表示されているのは〝皆実雫(しずく)〟の三文字だった。十四番区聖ロザリア女学院の二年生。五月期交流戦《アストラル》やその後の《ディアスクリプト》で多少関わった相手だが、とはいえ仲良く遊びに行くような関係になった覚えはない。

　けれど、電話口の皆実は淡々と続ける。

『そう……わたしは、今人気の皆実ちゃん。あなたのＩＤは、決してやましい方法で手に入れたわけじゃない……だから、安心して？』

「初手でわざわざ宣言されると逆に警戒するんだけど……っていうか、前の《決闘(ゲーム)》の時に交換しただろ」

『……？　そうだった、かも……もしくは、度重なるストーキングの果てに無理やり交換させられた、とかでもいい』

「良くねえよ。勝手に記憶を捏造するな」

眠たげかつ抑揚のない声でボケ倒してくる皆実に対し、ジト目で嘆息交じりの突っ込みを入れる俺。ひたすらマイペースな彼女に主導権を握らせないよう「で？」と端的に話の続きを促してみると、当の皆実は思い出したように続けた。

『じゃあ、さっそく本題……知ってる？　最近、十七番区に新しくできたケーキ屋さんが学園島中で大ブーム。トレンドの、最先端……モテ女子としては、行くしかない。……あなたと、一緒に』

「っ……は、はぁ？　何でそこに俺が出てくるんだよ」

『ふぅ……0点の、反応。可愛い女の子に誘われて即答できないなんて、男の子としてダメダメの極み……なってない』

やれやれ、と肩を竦める仕草が見えてきそうな皆実の言い分にひくっと頬を引き攣らせる俺。何が悔しいって、彼女に誘われた瞬間に内心ではちょっと喜んでしまった事実がある、というのが一番悔しい。悔しいというか、何なら恥ずかしいまである。

「……ダメダメで悪かったな。茶化したいだけならもう切るぞ」

『ダメ。それは、早計……さっきのは、ただの冗談。理由なら、ちゃんとある……』

「理由？　何だよ、それ」

『ん…………お礼？』

　たっぷりと間を取ってから、端末の向こうの皆実はポツリとそんなことを言った。そうして彼女は、相変わらず淡々とした口調のままゆっくりと言葉の続きを紡ぎ出す。

『この前、助けてくれたから……モテ期絶頂のわたしを、しつこいストーカーから助けてくれた。そんなあなたには、お礼に皆実ちゃんと一日デートの券……パフェとかケーキとかアイスとか、いっぱい奢らせてあげてもいい』

「傲慢すぎて笑えるレベルだな、おい……」

『む。……行きたくないなら、良いけど？』

　瞬間、ほんの少しだけ拗ねたような——もとい、どこか不安そうな声音でそんなことを言ってくる皆実。おそらく、彼女なりにお礼がしたいと思ってくれているのは本当なんだろう。ただしその作法がよく分からない、と。

　だから俺は、根負けして小さく首を振ることにした。

「ったく……分かったよ、そこまで言うなら行ってやる」

『え……急に、ノリノリ。こわ……やっぱりあなたも、性欲の塊……』

「……お前、時々とんでもないこと言うよな……」

淡々と茶化(ちゃか)してくる皆実(みなみ)に対し、男の子としてダメダメな俺はそっと悪態を吐(つ)いた。

それから数日が経(た)った金曜日の放課後。

俺は、皆実と共に十七番区にある件(くだん)のスイーツショップを訪れていた。

来る前にほんの少しだけ調べてみたが、この店は皆実も言っていた通りかなりの人気店らしい。島内SNS(STOC)やisland tube(アイ・チューブ)なんかでもよく取り上げられているようで、放課後すぐ向かったにも関わらず既に相当な行列ができていた。

「さすがの人気……やっぱり、わたしの目に狂いはない……」

隣に並ぶ皆実も満足げに（ほぼ無表情だが）こくこくと頷(うなず)いている。

そんな彼女の格好は、以前にも見た十四番区聖ロザリア女学院の制服だ。白を基調としたお嬢様っぽい清楚(せいそ)な服装。さらさらの青髪には白の帽子(ぼうし)がちょこんと乗っていて、彼女の持つ無垢(むく)な可愛(かわい)らしさに拍車を掛けている。

思わず見惚(みと)れてしまいそうになったため、俺は気を紛(まぎ)らわせるべく周囲に視線を遣(や)る。

「あー……何ていうか、見事に女子ばっかりだな」

「それは、そう……ケーキに群がる男の子なんて、想像できない。もしくは、下心……」

「や、普通に甘いモノが好きなやつもいると思うけど……」

とまあ、そんな他愛(たあい)もない雑談をしばし。

　そうこうしている間に、じわじわと列が進んで俺と皆実もようやく店内に通された。やたらお洒落（しゃれ）な内装に若干緊張しながらも、俺は慣れている風を装って席に着く。……学園島（アカデミー）最強の7ツ星という称号を持つ俺は、ただでさえ非常に注目を集めやすい立場だ。そんな俺が他学区の女子と出歩いていたらそれだけで騒がれかねないんだから、変に恥ずかしがったりせず堂々と振る舞うのが〝正解〟だろう。

「ね、ね！　あそこにいるのって……」

「え？　……うわ、ほんとだ！　本物初めて見たかも！」

　その瞬間にも、近くのテーブルからひそひそ話のような声が聞こえてくる――が、これに関しては、どうやら俺たちのことを指しているわけじゃないようだ。好奇心に駆られた俺と皆実が彼女らの視線をこっそり追ってみると……そこには、

「お、おおおお……！　素晴らしい、これぞ至高の甘味（かんみ）だ！」

　ケーキを一口頬張（ほおば）って蕩（とろ）けたように表情を緩ませるポニーテールの少女が一人。

　枢木千梨（くるるぎせんり）――彼女は、十六番区栗花落（つゆり）女子学園所属の二年生だ。《鬼神の巫女（みこ）》なる二つ名で知られている少女だが、見ての通りスイーツの前では誰よりも〝乙女〟になる習性を持つ。様々なスイーツショップを巡っては臨場感たっぷりのレビューを投稿しまくっており、島内SNS（STOC）のアカウントは数万人規模のフォロワーを抱えているらしい。

　そんな彼女を見ていた皆実が、さらりと青髪を揺らしつつ口を開いた。

「む……あの人、知ってる。枢木ちゃん……」

「？　ああ、そりゃ《アストラル》にも出てたからな。かなりの有名人だし、さすがに知らないなんてことはないだろ」

「ん。それは、確かに……あんな可愛い子を知らないなんて、有り得ない」

「……そっちかよ」

　こいつが超のつく〝美少女フリーク〟だというのを忘れていた。

「にしても、あの枢木が来てるってことは本当に美味いってことなんだろうな……メニューが多すぎてちょっと迷っちまうけど」

「生まれて初めて、あなたに同意……選べない。……だから、帰っていい？」

「いいわけないだろ。ったく……お前、何のためにここまで来たんだよ」

「む……じゃあ、せめて枢木ちゃんのレクチャーを、希望……」

「いやいや、さすがにそれは――」

　……と。

　反射的に否定の言葉を口にしながらもう一度だけ視線を上げてみれば、ちょうど至福の表情でフォークを置いていた枢木とバッチリ目が合って。

「？　……おお！　君は、いつかのスイーツ少年ではないか！」

　当の枢木は、ポニーテールを背中で跳ねさせながら嬉しそうな口調でそう言った。

「それにしても……何というか、本当に良かったのか？」

数分後——一緒にいた友だちグループに断りを入れて俺と皆実のテーブルに移ってきてくれた枢木千梨は、少し声を潜めながら遠慮がちに尋ねてきた。

「二人は、その……っ、付き合っているのだろう？　一緒にこのような店に来るくらいだし……浮かれてこちらへ来てしまったが、私がいては迷惑ではないのか？」

「違う……全然、そんなのじゃない。わたしが好きなのは、どちらかと言えば可愛い女の子。だから今日は、枢木ちゃんとお近付きになれて大ハッピー……幸せの、極地。もし良かったら、この店のおすすめとかも教えて欲しい……？」

「！　もちろんいいぞ、よく訊いてくれた皆実殿！」

青のショートヘアを揺らして尋ねる皆実に対し、嬉しそうにキラキラと目を輝かせる枢木。メニュー表を投影展開した彼女はタンッと片手をテーブルに突いて切り出す。

「初来店の相手に勧めたいのはやはりパフェだ！　イチゴをふんだんに使ったロイヤルパフェが甘くて贅沢でたまらなく美味しい。クリームにもイチゴが練り込まれていて最後まで幸せの一言だ。そしてパンケーキ！　もちろんこれも捨てがたい。生地はふわふわのもちもちで、それだけで舌が蕩けてしまいそうだというのに、たっぷり掛かったハチミツの甘さが絶妙なのだ。そして、甘さ控えめでチョイスするならチョコレートケーキがお勧めだ！　ビターでまろやかな大人の甘味……うむ、ぜひ一度は食べて欲しいものだ！」

「おお……これが、プロ……」

興奮気味に捲し立てる枢木に対し、皆実が無表情のままぱちぱちと拍手を送る。それと同時、もはやテーブルに乗り出すような格好になっていた枢木が「！　す、すまない、はしたない真似をしてしまった……」と照れながら椅子に座り直すが、その辺りも熱意が現れているようで好感が持てると言っていいだろう。

そんなわけで、枢木のオススメに従って注文を済ませてしばし。

「はむ。……！　はむ、あむはむあむ……あむあむはむあむ……」

目の前に置かれたイチゴパフェを一口食べた瞬間に小さく目を見開いた皆実は、それから一心不乱にスプーンを動かし始めた。特に感想を口にしたわけじゃないが、わざわざ訊くまでもないだろう。もくもくと食べ続けるその様は小動物みたいでやけに可愛い。

「はぁ、やはり最高だ……♡」

枢木も枢木で、幸せそうに頬を緩めながらパンケーキを口へ運んでいる。さっきもケーキを食べていたはずだが、この細い身体のどこへ消えているのか全く分からない。

「……うっま」

チョコレートケーキを選んだ俺も、当然ながら満足度は非常に高い。密かに感動していると、傍らの皆実が「ふ……」と微かに口角を持ち上げる。

「今日のお礼は、大成功……皆実ちゃんの好感度、500アップ」

「え。いや、お前は特に何もしてないような……」

「……？　もしかして、不満？　それは……〝あーん〟が、ないから？」

「は？　や、別にそんなこと言ってな――」

「あーん」

（――――ッ!?）

俺の言葉なんか完全に無視して、皆実はそっとスプーンを近付けてきた。それも一口目ではなく、既に何度も口へ運んだスプーンだ。思いっきり間接キスなはずなのに、じっと青の瞳でこちらを見つめる彼女は少しも表情を変えずにただ待っている。

「「…………」」

「っ……だ、ダメだ、もう見ていられない！　私が食べるぞ！」

刹那、この場に流れる甘ったるい空気に耐えられなくなったのだろう。皆実が差し出していた一口大のパフェは顔を赤くした枢木の口の中へ消えていった。直後に「あ……」と驚いたような顔をする皆実だが、その頃には既に呑み込まれてしまっている。

「……ざんねん」

それは、果たしてどういう意味で言っていたのかよく分からないが――とにかく、やたらと心臓に悪い放課後だったことだけは間違いないだろう。

誘惑だらけのお泊り会

liar liar

「え？　……椎名を預かってくれ、ですか？」

――六月下旬。

驚きの仕掛け人による《ディアスクリプト》が幕引きを迎え、夏の大型イベントに向けた束の間の休息が続いていたとある週末のこと、俺の元に一件の電話が掛かってきた。

通話の相手は一ノ瀬棗、四番区英明学園の学長だ。偽りの7ツ星である俺とは相互利益の協力関係にあるため無茶振りめいた依頼が投げつけられるのはそう珍しい話でもないのだが、今回のそれはちょっと毛色が違うらしい。

端末の向こうの学長はいつも通り不敵な声音で言葉を紡ぐ。

『ああそうだ。ねえ篠原、君は例の《百面相》――もとい椎名紬という名の中学生が学長室の隣に居候していることは知っているよね？』

「あ、はい。確か、英明学園に籍を移す関係で引っ越すことになって、でもいきなり一人暮らしは厳しいだろうから……って」

『そうそう。実際、あの子の生活能力は皆無と言っても過言じゃないからね。こっちから持っていかない限りろくに食事は取らないし、シャワーも浴びてくれない。まあ、その辺りは私が警戒されているだけかもしれないけど……それはともかく、だ。実は明日から二日ほど、理事会の仕事で学園を離れる必要があってね？　当然、学長室の隣には椎名紬が取り残されることになる。するとどうなると思う、篠原？』

「あー……なるほど」

学長の説明でようやく状況を把握し、微かに頰を引き攣らせながら頷く俺。……極度の人見知りである椎名のことだ。俺や姫路にSOSを出してくれればまだいいが、購買にもコンビニにも行けずに一人で詰んでしまう可能性の方がずっと高いだろう。

「そういうことなら了解です。……っていっても、飯も風呂も俺じゃ役に立たないかもしれませんけど」

『くくっ、まあそれは当然だろう。食事はともかく、風呂場にまで出張ってくるようなら私は君を射殺しなければならなくなる。いやはや全く、ただでさえ二日間もあの子の寝顔を拝めないというのに……』

「……何か、いつの間にか母性的なモノが目覚めてませんか？」

『面白いことを言うね篠原、これでも私はあの子の保護者代わりだよ。……とにかく、この件は後で白雪にも伝えておくから。くれぐれも手は出さないように、ね？』

冗談とも本気ともつかない声音でそう言って、学長は早々に通話を切り上げる。……椎名が泊まりにくる、か。部屋に関しては客室がいくらでも余っているし、姫路のおかげで掃除も常に行き届いている。また、替えの服に困るようなこともないだろう。

あとは、そう――

「……うん。とりあえず、買い出しくらい行っとくか」

お菓子とジュースがあれば完璧だ。


「あはははははっ！　お兄ちゃん、お兄ちゃんすごいっ！」

――その日の夜。

学長に連れられて俺の家にやってきた椎名は、予想通りと言えば予想通り、開口一番にゲームをせがんできた。特に断る理由もなかったためリビングの隣にあるシアタールームへ直行し、そこから姫路も交えてひたすらにゲーム三昧。椎名と会うと必ずゲームをしているような気もするが、まあこういう時間も悪くない。

ともかく、そんなこんなで俺はしばらく椎名と遊び倒して。

姫路の作った夕食（澄ました顔で配膳していたがどう見てもいつもの倍くらい気合いが入っていた）に椎名がキラキラと目を輝かせるのを微笑ましく眺めて。

さらに、お姉ちゃんの背中を流すと言って聞かない椎名が姫路と一緒に浴室へ向かうのを若干ドキドキしながら見送ったりして。

「ふぅ……」

その後もリビングでボードゲームやら何やらを色々とプレイしまくった結果、俺が自分の部屋に戻ってきたのはとっくに日付が変わった後のことだった。

普段からそこそこ夜型の生活を送っているため、これでも特別遅い時間という印象はない。……が、やはりぶっ続けでゲームをしていたからか、疲労はそれなりに溜まっているようだ。さっさと電気を落とし、肌触りの良いタオルケットをふわりと身体に掛ける。

と――その時だった。

「ん……？」

こんこん、と微かな音が聞こえたような気がして、俺はゆっくりと目を開けた。……ノックの音、だろうか？　既に微睡み始めていた俺が咄嗟に反応できずにいると、少し遅れてガチャリと扉が開かれる。続けて聞こえてきたのは、潜めた声の問い掛けだ。

「お兄ちゃん……まだ、起きてる？」

――そう。

おずおずと部屋に入ってきたのは、つい三十分ほど前まで一緒にいた椎名紬だった。いつものゴスロリドレスではなく可愛らしいネグリジェにナイトキャップを被り、胸元にはロイド（いつかのクレーンゲームで取ったケルベロスのぬいぐるみだ）を大事そうに抱いている。また、眠たげに目を擦っているのも印象的だ。

「ああ、起きてるけど……」

ぺたぺたと素足でこちらへ近付いてくる椎名に対し、俺は身体を起こしてベッドの縁に

うとうと

座ることにした。端末を介して電気を点(つ)けつつ、小さく首を捻(ひね)って尋ね返す。

「どうした、枕でも合わないか？　それとも……えっと、夜更かししたい気分とか？」

「ううん、違うよ？」

　両手でロイドを抱いたままさらさらの黒髪を揺らして首を振る椎名(しいな)。

「お布団はふかふかだし、枕もすっごく柔らかくって気持ちいい。それに、今日はいっぱい遊んだし、明日(あした)もゲームできるからちゃんと寝たいんだけど……」

「けど？　……じゃあ、一人で寝るのが心細いとか？」

「！　そう、それ！　お兄ちゃんたちに『一人で寝れるもん！』って言ったのをちょっとだけ後悔して――じゃ、ないよ!?　心細いとかじゃなくて、えっと、魔界だと召使さんたちが寝るまで近くにいてくれたから！　だから、ちょっと慣れてないだけだもん！」

「随分アットホームな魔界だな……っていうか、それじゃ最近はどうしてるんだ？」

「最近？　んと、今は眠くなってくるといつの間にか学長さんがお布団掛けてくれて、いい子いい子～ってしながら髪とか梳(と)かしてくれるから……だから、平気だよ？」

「お、おおう……」

　学長の不敵で獰猛(どうもう)なイメージとは正反対のエピソードを手に入れてしまって思わず微妙な声を零(こぼ)す俺。……何というか、人を虜(とりこ)にするという意味では椎名紬(つむぎ)の右に出る者など存在しないのかもしれない。それくらい圧倒的な実力だ。

とにもかくにも、立たせたままでいるのも悪いので俺は小さく右手を持ち上げて椎名に軽く手招きをしてみる。すると直後、ベッドがとんっと微かに沈んで、すぐ隣に座った椎名が嬉しそうに俺の顔を見上げてきた。

「えへへ、ありがとうお兄ちゃん。……お兄ちゃんは、いつも遅くまで起きてるの？」

「うーん……そうだな」

椎名の問いを受け、軽く記憶を辿ってみる俺。

「早いのか遅いのかは微妙なところだけど、何もなければこのくらいの時間になるのが基本かもな。姫路と一緒に飯食って、その後はリビングで本読んだりゲームしたり雑談したりエゴサしたり……で、適当なタイミングで風呂に入ってからお互いの部屋に消えていく感じだ。そのまま寝ると十二時とか一時ってとこだな」

「わぁ……なんかいいね、そういうの」

「まあ、言いたいことは分からなくもない。合宿とか修学旅行みたいな雰囲気もあるからな。……で、それが一番多いパターンなんだけど、ちょうど日付が変わるくらいの時間に彩――知り合いの〝お嬢様〟から電話が掛かってきて、そのまま問答無用の愚痴会に突入する日もある。というか、こっちもそこそこの頻度だな」

「お嬢様!? 何それすごい、格好いい！」

「格好いい……か？ いや、やってることは大分アレな気がするけど……それに、普通に深夜二時とか三時まで話してるから次の日はめちゃくちゃ眠くなるし」

「そうなんだ！　えへへ、仲良しなんだね」

「……ノーコメントで」

純粋な笑顔でそう言われると対処に困ってしまうが、やはり俺と彩園寺——桜花の《女帝》こと彩園寺更紗の関係は〝仲が良い〟とはちょっとベクトルの異なるモノだ。互いの嘘がバレたら終わり、という一種の〝共犯関係〟だからこそ気兼ねなく愚痴や悩みを言えるだけ。互いに互いが精神的な支えになっているというだけの話だ。……いやまあ、この表現だと〝仲が良い〟の最上位互換にしか思えないが。

とにもかくにも。

「えっと、他にあるとしたら英明の先輩から連絡が来るパターンだな。特に用があるわけじゃないのに暇潰しみたいなチャットをくれる小悪魔系女子が一人と、鈍感すぎる幼馴染みに対する愚痴をちょくちょく送ってくる元モデルが一人」

「へえ……お嬢様に、小悪魔さんに、モデルさん……」

指折り数えて、椎名は俺を見つめたまままさらりと黒髪を揺らす。

「もしかして……お兄ちゃんって、モテモテ？　色んな女の子に狙われてるの？」

「え。……いや、何でだよ。色んなヤツから狙われてる（物理）のは間違いないかもしれないけど、モテモテとは全然意味が違うだろ」

「でもでも、好きじゃなかったらそんなにいっぱい連絡なんかしないもん。むむむ……それじゃあ、わたしも頑張ってアピールしないと！」

「や、だから——」

「お兄ちゃんお兄ちゃん！　えっとね、わたしは偉い魔王様だから、わたしと結婚すると魔界の土地が半分手に入るよ！　それに、お兄ちゃんがこれからどんなに危険な目に遭っても、わたしが【魔眼】で助けてあげる！　ね、すっごいお得でしょ⁉」

「……どんなセールスだよ、それ」

ニコニコと楽しそうに「あとは〜」と言葉を続ける椎名に対し、俺も釣られて笑みを浮かべながら緩めの突っ込みだけを入れる。

そして——そうこうしているうちに、椎名の瞼（まぶた）は徐々に重たくなってきたようだ。欠伸（あくび）の数がだんだんと増え、言葉も途切れ途切れになる。それから間もなく、彼女は俺の肩に頭を乗せたまま「すー……すー……」と穏やかな寝息を立て始めてしまった。

「なるほど。一人じゃ心細くて寝られない……か」

安心しきった様子で身体（からだ）を預けてくる椎名に何となくくすぐったいような気持ちを抱えながら、彼女の目にかかった前髪をそっと指先で掬（すく）い上げる俺。——と、

「んっ……」

（⁉）

微かに甘い色を含んだ吐息が耳朶を打って、俺は思わず手を引っ込める。……何というか、椎名紬という少女はこういうところが心臓に悪い。表情や振る舞いが幼く見えるためつい忘れがちになってしまうが、彼女は中学三年生……つまり、年齢で言えば俺とたったの二つしか違わない。そんなことを考え始めると無防備に眠る彼女の姿がいつもより少しだけ大人びて見えて、ほとんど日光を浴びていないのであろう肌は息を呑んでしまうほどに綺麗で、時計の音がやけにうるさく聞こえて――刹那、

「失礼します、ご主人様。すみません、実は椎名様の姿がどこにも……、あ」

「あ。……って、いや、あの。違うんですよ姫路さん」

「いえ、まだ何も言っていませんが……気のせいでしょうか？　わたしの目には、ご主人様と椎名様がベッドで二人、親密そうに肩を抱き合っているように見えます。まさかこれから……いえ、ひょっとしてもう……？」

「な、何が！　何が〝もう〟なんですかね姫路さんッ⁉」

さぁっと顔を青褪めさせる姫路に全力で弁明を開始する俺。

ちなみにそんな謝罪の結果、何故か椎名を中心とした川の字で――もちろん一つのベッドで――寝ることになったのだが、二人分の寝息やら寝返りやら匂いやらがダイレクトに感じられる悪魔的環境で〝睡魔〟などというものが訪れるはずもなく、翌日はどんなゲームをやっても二人に惨敗し続けたことだけはここに記しておく。

浴衣メイドのささやかな〝お願い〟

liar liar

本格的な夏の訪れを感じる七月某日。

英明(えいめい)学園からの帰り道を歩いていると、隣の姫路がふと緩やかに足を止めた。

「ん……？」

不思議に思って彼女の視線を辿(たど)ってみれば、そこにいたのは二人組の女子高生だ——はっきりとした見覚えがあるわけじゃないが、多分俺たちと同じ英明生。二人ともやたら楽しそうで、はしゃいでいて、何より二人揃(そろ)って華やかな浴衣に身を包んでいる。

「……浴衣？　祭りでもあるのか」

思わずポツリと呟(つぶや)く俺。と、それで我に返ったのか、姫路が白銀の髪をさらりと揺らしながらゆっくりと身体(からだ)をこちらへ向けてきた。

「ご明察です、ご主人様。本日は学園島(アカデミー)九番区にて夏祭りが行われている日ですね。それほど大きなお祭りではないのですが、祭り初めとでも言いますか……島内で最も早い時期に開催される夏祭りですので、毎年かなりの賑(にぎ)わいを見せています。確か、今朝も《ライブラ》の特集記事で取り上げられていたはずですよ」

「へえ……夏祭り、か。それって、どこの学区も個別でやるもんなのか？」

「夏祭り自体を実施しない学区もありますが、その手の学区以外は基本的に個別の開催ですね。ただ、もうすぐ始まる夏の大規模イベント――《SFIA（スフィア）》の際は島中に屋台や出店が並びますので、それを〝学園島（アカデミー）全体の夏祭り〟と捉える方も少なくありません。ちなみに、英明（えいめい）……もとい、四番区のお祭りも来週ですよ？」

「ほう、来週」

姫路（ひめじ）の補足に俺はそっと腕を組む。……先ほどの二人組を見つめていたどこか羨ましげな視線を踏まえれば、彼女が夏祭りに行きたがっているのは明白だ。来週なら特に予定は入っていないし、であれば無視（スルー）する理由がない。

「じゃあ、せっかくだし行ってみるか？　夏の大型イベントが始まったらどうせまた慌ただしくなるだろうから、早めの息抜きのつもりでさ」

「え？　あ、いえ、その……すみません、ねだったつもりは」

「そうじゃないって。俺も転校してきたばっかりだから、こっちの夏祭りがどんな感じなのか普通に気になってるんだよな。だから、もし良かったら案内してくれよ」

「……ふふっ。はい、そういうことなら」

よろしくお願いします、と囁（ささや）きながら嬉（うれ）しそうに口元を緩めてみせる姫路。

そんなわけで、俺たちは四番区の夏祭りに参加することと相成った。

「す、凄（すご）い人だかりですね……」

迎えた夏祭り当日。

会場となる学園島(アカデミー)四番区の総合陸上競技場及び屋外運動公園は、学区内外からの来場者で文字通り溢(あふ)れ返っていた。普段の《決闘(ゲーム)》と違って高校生のみを対象にするようなイベントではないため、遊び盛りの小中学生や仕事帰りの社会人まで幅広い年齢層の客が見て取れる。女性の大半が浴衣を着ていることもあり、どこを向いても煌(きら)びやかだ。

（けど……その中でも、姫路は明らかに群を抜いてるんだよな）

内心でそんなことを考えながら改めて隣の少女に視線を向ける俺。

そう、そうだ——普段はメイド服か英明の制服を着ていることが多い（ちなみに次点はパジャマになる）姫路だが、今日はそのいずれでもない和装を披露してくれていた。さらさらとした白銀の髪は高い位置で結ばれており、アクセントとして大きな髪飾りが付けられている。清涼感、という単語がぴったりの浴衣は彼女の持つ穏やかで涼しげな雰囲気と神懸かり的にマッチしていて、もはや一つの芸術作品みたいだ。さっきからすれ違う男女全員に二度見されているが、それも納得の圧倒的可愛(かわい)さと言える。

「……あ」

と、俺がそこまで思考を巡らせた辺りで、興味深げに辺りを見渡していた姫路が不意にある屋台で視線を止めた。看板に大きく書かれた文字は〝金魚すくい〟だ。学園島(こっち)のお祭りも、出店のラインナップ自体は本土のそれとあまり変わらないらしい。

そんな風に俺が記憶を辿(たど)っていると、くるりとこちらを振り向いた姫路(ひめじ)が澄んだ碧(あお)の瞳で俺の顔を覗(のぞ)き込み、楽しげな声音でこんな提案を持ち掛けてきた。

「ご主人様——せっかくのお祭りですし、一つ勝負をしませんか？」

「……勝負？」

「はい。ご覧の通り、このお祭りにはたくさんの出店(ゲーム)があります。その中から交互に好きな競技を指定して、先に二連勝した方が勝ち……という」

「ああ、そりゃいいな。ただ出店を巡ってるだけでも普通に楽しいだろうけど、ゲーム要素があればもっと盛り上がりそうだ」

「ありがとうございます。……それと、実はですね。もしもその勝負でわたしが勝った場合、ご主人様に叶(かな)えていただきたい〝お願い〟がありまして」

「お願い？　まあ、別にいいけど……ちなみに、俺が勝ったらどうなるんだ？」

「わたしに何でも一つお願いができます——と言いたいところなのですが、そもそもわたしはご主人様からのお願いであればどんな内容(もの)でも断るつもりがありませんので、今回の争点は単に〝わたしのお願いが叶えてもらえるか否か〟だけになります。いつも気の張る勝負ばかりですし、たまには緩いルールで遊ぶのも良いと思いませんか？」

「……違いない」

小さく苦笑しながら、俺は姫路との勝負(ゲーム)に乗ることにする。

『すみません、ご主人様。わたし、射的は一度もやったことがなくて……勝負を始める前に、基本的な撃ち方だけでも教えていただけないでしょうか？』

『ああ、そりゃもちろん。まずは狙う景品を決めるだろ？　それから、こうやってライフルの持ち手を自分の胸の方に引き寄せて——』

『引き寄せる……こう、ですか？』

『っ⁉　そ、そう……かな、多分』

……俺が支えていたライフルの持ち手を姫路が自身の胸元に押し付けた辺りで意識が飛びかけ、その後はぐっだぐだの泥試合が繰り広げられた末に、全弾外した俺が当然のように敗北した。言い訳するわけじゃないが、浴衣の胸元が目の前でむにっと乱れる光景はちょっと刺激が強すぎる。それが天才的美少女メイドこと姫路ならなおさら、だ。

が、まあとにもかくにも。

「えっと……それで、姫路の〝お願い〟ってのは何だったんだ？」

「そう、ですね——はい、まだ間に合いそうです」

夏祭りらしい巾着袋から端末を取り出して現在時刻を確認した姫路は、安心したように笑みを零すと改めて俺に碧の瞳を向けてきた。そうして彼女は、いつもの白手袋に包まれた右手をそっと俺に差し出して——一言、

「わたしと手を繋いでいただけますか、ご主人様？……行きたい場所があるんです」

姫路に連れられて向かった先は、夏祭り会場から少し離れた公園だった。

英明学園への通学路上というわけじゃないが、何度か前を通ったことのある場所だ。ただし、今日は別の場所で祭りが開催されていることもあってか人の気配は全くない。そんな無人の公園に設置されたベンチに浴衣姿の姫路と並んで座る。

そして、何故ここに――と理由を尋ねようとした、瞬間だった。

「あ……」

二十時ちょうど。ヒュウウウと風を切り裂く音と共に、漆黒の夜空に大きな花火が打ち上げられた。それを皮切りに次々と咲き乱れる光の花。本土で見ていた花火よりずっと大きくて派手な印象だ。もしかしたら火薬の調合方法なんかが違うのかもしれない。

「すげえ……めちゃくちゃ綺麗だな」

「はい。実はここ、絶好の穴場なんですよ？　夏祭り会場からでももちろん花火は見えますが、遮るものが少し多くて……その点、こちらの公園から空を見上げるなら障害物は何もありません。それに、他の人がいないので……静かで、二人きりです」

先ほどから握ったままの左手にきゅっと優しく力を込め、銀糸を揺らすようにして俺の目を覗き込んでくる姫路。その顔は時折花火の明かりに照らされて、普段よりもさらに魅力的に映る。結果、俺の心臓はドキドキと高鳴るばかりだ。……というか、これが〝お願い〟というのはどういう意味だ？　そんなの、勘違いしてしまいそうに――

「「……え？」」

と、その時、打ち上げ花火の音に紛れてざわざわとした話し声が聞こえてきているのに気付き、俺と姫路は揃って顔を持ち上げた。じっと耳を澄ましてみれば、音の出所はどうやらベンチの横手にある茂みの方からだと分かる。

――曰く、

『す、ステイ！　まだまだステイにゃ。決定的瞬間はもうすぐにゃ……！』

『……？　な、何言ってるにゃ、隠し撮りはよくないにゃ！　キスが終わったらすぐ出て行って、カメラの前でもう一回してもらうにゃ！　ムフフ、なのにゃ！』

『キス以上のコトが始まったら？　……!!　にゃにゃっ！　ダメにゃダメにゃ、そんなの許されないにゃ！　ワタシたちはまだこーこーせーにゃっ！』

「「…………」」

一際響く特徴的な声から状況を察しつつ、顔を見合わせる俺と姫路。……そして、

「あー……うん、やっぱり花火綺麗だな」

「そうですね。……はい、とても」

お互い苦笑交じりにそんなことを言い合いながら、俺たちは《ライブラ》の追及をどうやって躱すべきか考え始めることにした。

闇夜に降臨せし深紅の《女帝》

liar liar

――事の発端は、彩園寺が俺の家で見つけたゴスロリドレスだった。

「え、これって……」

豪奢な赤の長髪をさらりと揺らしながら黒基調のドレスを拾い上げる彩園寺。

場所としてはリビングの隣にあるシアタールーム、大きなスクリーンの真正面に設置されたソファの上だ。7ツ星仕様ということでやたら高級感がある布地の片隅に、アンティークドールみたいな装飾の施された衣類が乱暴に脱ぎ散らかされている。

紅玉の瞳でそれを見つめながら、彩園寺はごくりと唾を呑みつつ問い掛けてきた。

「篠原、あんた……もしかして、ついにやっちゃったの？」

「……へ？」

「しらばっくれないでよね。これ、どう見ても女の子の服……でしょ？　そんなものがソファの上に脱ぎ捨てられてるんだから、あんたがここで脱がせたってことじゃない！」

「はぁ!?　いや、俺はそんなこと一度も――」

「！　じゃあまさか、偉そうに『脱げ』みたいな指示だけ出してたってこと!?　さ、最低よ、最低！　7ツ星の権力をそんな破廉恥なことに使うなんて……！」

微かに赤らんだ頬をぷくりと膨らませながら、人差し指をビシッと突き付けるような格好で文句を言ってくる彩園寺。全力で〝誤解〟をしているらしい彼女に対し、俺は仕方なく諸々の事情を説明してやることにした。

「その服は椎名のだよ。ほら、お前も知ってるだろ？　《アストラル》で無自覚のまま倉橋御門に手を貸してた中学生――あいつ、今じゃ《カンパニー》の一員だからな」

「……つまり、仲間になったから良いように手を出してるってこと？」

「違えわ。仲間になったからちょくちょく遊びに来てる、ってだけだよ。昨日も夜遅くまで一緒にゲームしてたんだけど、俺は途中で離脱しちまったから……大方、その名残ってとこじゃないか？」

記憶を辿りながら答える。

天才中二病少女・椎名紬――彼女はしょっちゅう俺にTVゲームでの対戦をせがんでくるのだが、俺の方は椎名ほど時間の融通が利くわけじゃない。大抵は俺が深夜二時ごろまで付き合って、その後は椎名の一人旅になるパターンが多かった。

「ふうん……？」

納得したようなしていないような声を零す彩園寺。椎名が脱ぎ捨てたゴスロリドレスを小脇に抱えたまま、彼女は胸の下辺りでそっと腕を組む。

「じゃあ、それはいいけれど……この格好、ゴシックロリータっていうのかしら。家の中でまでこんな服を着るように強制してるのは、普通にあんたの趣味嗜好なんでしょ？　だったらやっぱり罪深いじゃない」

「いやいや、そんなわけないだろ。あいつが好きな服を好きに着てるだけだよ」

「……それじゃ、前に〝お兄ちゃん〟って呼ばれてたのは？」

「それも向こう発信の呼び方だ。どう考えても健全な関係だっての」

小さく首を振りながら答える俺。唇を尖らせた彩園寺の言い分も理解できないことはないが、とはいえ俺と椎名の関係は健全そのものだ。夜遅くまでゲームをしているという点で生活リズム的には不健全かもしれないが、それはきっとこの会話の主旨じゃない。

「ん……なら、今はそういうことにしておいてあげるわ」

はぁ、と微かな溜め息を零しながら首を横に振ってみせる彩園寺。

彼女による寛大な判決を受けて、俺がそっと胸を撫で下ろした——その時だった。

「「……へ？」」

ガチャリ、と扉が開く音が耳朶を打ち、俺と彩園寺は揃って後ろを振り返る。……シアタールームとリビングを繋ぐ扉。そこから一人の少女がひょこっと顔を覗かせていた。さらさらの黒髪、寝落ちでカラコンを外し忘れていたのか普段通り漆黒と深紅に輝くオッドアイ、大事そうに両手で抱いたケルベロスのぬいぐるみ。

そして、

「……おにいちゃん……わたしのお着替え、どこ……？」

「――――――」

ゴスロリドレスでもパジャマでも何でもなく、半裸の上に白いシーツだけを羽織ったなかなかにセンシティブな状態の椎名紬だった。

「――これで、篠原の有罪が確定したわけだけど」

三十分後。

寝起きの半覚醒モードで館の中を徘徊していた椎名を一旦部屋に戻らせた俺たちは、再びリビングへ戻ってきていた。長いテーブルの反対側では、むすっとした表情で頬杖を突いた彩園寺がジト目でこちらを見つめている。

「…………」

椎名が半裸でうろうろしていたのは俺のせいじゃないが、反論に意味がないことなど分かり切っていた。だから今回の裁判（？）は既に俺の負けで決着が付いている。

そこで裁判長もとい彩園寺が、紅玉の瞳でちらりと傍らの証拠品――椎名のゴスロリドレスを眺めながら「ん……」と小さく口を開いた。

「……可愛い、わよね」

「え？」

「だから、こういうゴスロリっぽい感じの服。今思えばあの子、確か《アストラル》の時もこんな格好だった気がするわ」

「ああ、そうだな」

五月期交流戦《アストラル》の開催中にホテルのレストランで遭遇したあの時から、椎名が身に纏っているのは基本いつでもド直球のゴスロリだ。むしろ、それ以外の服装なんてほとんど俺の記憶には存在しない。

「何しろ、あいつは魔界の王らしいからな。本人的には〝威厳のある格好〟ってイメージなんだと思うぞ？　黒装束だし」

「黒は黒でも、威厳どころか可愛さしかないけどね。……で、好きなの？」

「へ？　好きって……椎名を、か？」

「バカ。そうじゃなくて、こういう服のこと。篠原ってユキにもよくコスプレさせてるでしょ？　でも、ゴスロリはあんまり見たことないわ」

「大半のコスプレは俺じゃなくて《カンパニー》の加賀谷さんが犯人だけどな……で、多分だけど、当の加賀谷さん的に〝ゴスロリと言えば椎名〟っていう先入観があるんじゃないか？　姫路にもめちゃくちゃ似合うだろ」

「そうね。雰囲気的にも髪色的にも、綺麗なお人形っぽい感じになりそうだもの。いわゆる〝映え〟ってやつね。……それで？」

「ん？　……それで、ってのは？」

「全くもう……〝お前にも似合いそう〟くらい言えないわけ？」

微かに唇を尖らせて文句を言ってくる彩園寺。ややご機嫌斜めな様子の彼女は、豪奢な赤の長髪をふわりと揺らして拗ねたように続ける。

「あたし、これでも可愛いって評判なのだけど……？」

「いや、まあ知ってるけど……じゃあ、着てくれって言ったら着てくれるのか？」

「！　う、あぅ……せ、セクハラよ、それ!?」

「じゃあどうしろと……」

一気に顔を赤らめる彩園寺に対し、小さく肩を竦める俺。……が、ここで引くわけにはいかない。余計に話が拗れるだけだし、何よりここまで期待させられたんだから〝彩園寺更紗のゴスロリ姿〟とやらを拝まないことには消化不良で終わってしまう。

と、いうわけで。

「別に強制するつもりはないんだけどさ。普段から白黒モノトーンのメイド服を着てる姫路と違って、彩園寺のゴスロリ衣装は何ていうか全く想像できないんだよ。似合うって言い張るなら証拠を見せて欲しいもんだ」

「うぅ……」

俺の発言に対面の彩園寺はしばしの逡巡を見せる。……が、やがて興味とプライドが羞恥に勝ったのだろう。傍らのゴスロリドレス（いわゆるフリーサイズであることは先ほど

確認済みだ）を引っ掴むと、

「シアタールームで着替えてくるわ。絶対、覗かないことっ！」

――そんな言葉を残して隣の部屋へと消えていく。

それから、俺の体感で十分ほどが経過した頃だろうか。

「ん……」

再びガチャリ、と扉が開いてシアタールームから彩園寺更紗が姿を現す――衣装そのものは、俺にとって見慣れていると言えば見慣れているモノだ。何しろ椎名が日常的に着ている〝私服〟なわけで、そういう意味での驚きはない。

ただ、

「……な、何よ。そんなにジロジロ見て……あたしを辱めて満足かしら、バカ篠原？」

受ける印象というのは全く違うものだった。赤と黒の調和が凄まじいのはもちろん、彩園寺の持つ高貴な〝お嬢様〟風の雰囲気と作り込まれた〝世界観〟を表現するゴスロリドレスとが絶妙にマッチして、椎名とは全く異なる方向の魅力を形成している。加えて、着慣れていないが故の羞恥がそこはかとなく感じられる、というのも高評価ポイントの一つだろう。まさに〝着飾っている〟と表現するのがぴったりの様相で、まるで童話の中にでも迷い込んでしまったみたいな錯覚を覚える。

「っ……」

ほんの一瞬だけ動揺で言葉を失ってから、俺はどうにか続く言葉を絞り出す。

「お、おお……やっぱり、めちゃくちゃ似合うな」

「！　……ふ、ふんだ。やっと分かったの、篠原？」

「ああ。何ていうか、さすがは桜花の《女帝》って感じだ。疑っちまって悪かった」

「そう？　ならいいわ。あんたが満足したなら、もう着替えて——」

微かに相好を崩しながら彩園寺がそんなことを言った……瞬間、だった。

「！　お、お兄ちゃん……その人！」

「ひゃん⁉」

タイミングが悪いのかあるいは最高なのか分からないが、先ほど部屋に帰っていった椎名が今度こそしっかり服を着てこのリビングに舞い戻ってきた。彩園寺のそれとはまた異なる意匠のゴスロリドレス。つまり、系統の似通った服を着た二人が我が家のリビングに並び立った……ということになる。

「わ、わわわ……わわわわっ！」

彩園寺とは面識があるはずの椎名だが、普段とは服装がまるで違うため気付いていないのだろう。今は人見知りな性質よりも興味の方が勝っているようで、とことこ彼女に歩み寄っては上目遣いの体勢で問い掛ける。

「わたしの服とおんなじ……もしかして、魔界の住人⁉」

「へ⁉　え、ええ……そうね、そんなところかもしれないわ」

「やっぱり！　すごいすごい、初めて会っちゃった！　えへへ……ねえねえ、それじゃお姉ちゃんはどんな魔法が得意なの⁉」

「ま、魔法⁉」

漆黒と深紅のオッドアイをキラキラと輝かせる椎名に遠慮なく詰め寄られ、困ったように声を裏返らせる彩園寺。……が、そこは気遣いの鬼こと彩園寺更紗だ。一瞬で話の流れを汲み取ったらしい彼女は、右手をそっと腰に当てながら言葉を継ぐ。

「そう、ね……うん。やっぱり炎魔法、かしら」

「炎！　カッコいい……！　ね、ね、どんな魔法があるの⁉」

「ふふっ、せっかくだから実演してあげるわ。【全てを焼き尽くす業炎の焔】――【イグニス：マギア】」

「！　すごい、すごいすごい！　わたしはね、わたしはねっ！」

一瞬で虜になる椎名と、まんざらでもない様子でそんな彼女の相手をするゴスロリ魔法少女・彩園寺。

「…………」

そんな二人の傍らに立つ俺はと言えば、やっぱりゴスロリっていうのは中二病を加速させるんだな――みたいなことを、微かに口元を緩めながらぼんやりと考えていた。

後輩たちの〝主人公〟争奪バトル、開幕！

liar liar

八月初旬、夏休みも中盤となったある日のこと。

俺は、夏の大型イベント《SFIA》に関する事情聴取、および諸々の近況報告を兼ねて学園島零番区へと呼び出されていた。

といっても、そちらの用件は既に終わった後だ。《SFIA》をめちゃくちゃにした正義の組織《ヘキサグラム》の不正と、それに纏わるエトセトラ。俺の役目は単なる付き添いのようなもので、本当に大変だったのは間違いなく隣を歩く少女の方だろう。

「つ、疲れました……」

滑らかな黒髪を揺らして力なく肩を落とす後輩少女・水上摩理。

彼女は俺と同じ英明学園の一年生だ。綺麗に揃えられたストレートロングの黒髪に、誰がどう見ても美人に分類されるであろう真面目で整った顔立ち。《SFIA》では俺と共に最終決戦まで勝ち上がった唯一の英明プレイヤーであり、もっと言えば件の《ヘキサグラム》元メンバーということで、最も長く細かい事情聴取を受けていた。

「お疲れ、水上。……何ていうか、大変だったな」

「いえ……《ヘキサグラム》の犯した罪を考えれば当然のことです」

「相変わらず真面目だな。ま、今日のところはさっさと帰って休んだ方がいいぞ」

時刻としてはまだ昼過ぎだが、ほとんど出番のなかった俺でもそれなりの疲労は感じている。せっかくの夏休みだし、たまには昼から寝てしまうのも悪くないだろう。

「あ……」

と、そんな折、隣を歩いていた水上が不意にとある建物の前で足を止めた。無数の筐体が立ち並び、カラフルで煌びやかな照明と盛大な音響に彩られた娯楽空間——いわゆるゲームセンター、というやつだ。

「寄りたいのか？」

「！　い、いえ……そういうことではありません。というかダメですよ、篠原先輩？　私たち、制服姿なんですから。こんなところにいたら怒られてしまいます」

「確かに制服は着てるけど、今は学園島全体が夏休みだろ？　遅い時間でもないし、ちょっとくらい羽目を外したって怒られやしない。もし怒られたら——まあ、その時は〝7ツ星の先輩に無理やり連れてかれた〟って言えばいいし」

「………もう、強引なんですから」

片手を腰に当ててピンと人差し指を立てていた水上だったが、俺の押しに負けたのかやがて微かに嘆息を零しながらそう言った。学園島最強である俺は実質的にあらゆる校則から解放されている——という事実を思い出してくれたのかもしれない。

「じゃあ、少しだけ寄っていきましょうか」

とにもかくにも、声音にほんの少し嬉しそうな色を滲ませながら率先して当のゲームセンターへ入店する水上。店内はかなり広く、ゲームの方も相当な種類がある。ゲームセンター自体が初めてだという水上はしばらく興味深そうにきょろきょろと首を巡らせていたが、やがて一つのゲーム機の前でピタリと足を止めた。

「これ……やってみたい、です」

おずおずと突き出された人差し指の前にあったのは、音ゲーでもシューティングでもメダルゲーでもなく、UFOキャッチャーの筐体だ。いつかの椎名を思い出す選択だが、どうやら今回の獲物は〝お菓子の詰め合わせセット〟らしい。

「へえ、お菓子でいいのか？　さっきから色々見てたのに」

「あ、はい。その、興味を惹かれる景品はたくさんあったのですが、大きなぬいぐるみを持って帰るのは少しだけ気恥ずかしくて……それに」

「それに？」

「お菓子なら、先輩方と一緒に食べられるかなと思ったので」

「……健気かよ、おい」

仄かに照れたような口調でそんなことを言うスーパー良い子な水上摩理に思わず本音を零す俺。何というか、やはり彼女の〝後輩力〟には凄まじいものがある。

と、まあとにもかくにも。

お菓子の詰まった筐体を覗き込んでいると、当の水上が黒髪を流して尋ねてくる。

「篠原先輩は、こういうゲームが得意なんですか?」

「まあ、それなりにって感じだな……一発かどうかは微妙なところだけど、何回かやれば普通に取れると思う。でも、せっかくだし最初は水上が——」

「——あ! もしかして、そこにいるのはラスボスさんですねっ⁉」

……と。

その時、背後からやたらハイテンションかつ聞き覚えのある声が投げ掛けられた。水上と二人で振り返ってみれば、視界に入ったのは案の定、十七番区天音坂学園の制服にパーカーを合わせた一年生・夢野美咲その人だ。夏の大型イベント《SFIA》では文字通りダークホースとして暴れ回った後輩少女。桃色のショートヘアに大きめの髪飾り、幼さの残る可愛らしい顔立ち……と容姿だけでも充分に人目を引く彼女だが、特筆すべきはむしろ〝主人公気質〟とでも呼ぶべき性格の方だろう。

「シュタタタタッ……やっ、ズザァッ!」

派手な効果音と共に(実際にはパタパタと小走りで)駆け寄ってきた夢野は、俺たちの前に立ってドヤ顔で両手を腰に当ててみせる。

「ふっふっふ……こんなところでばったり会うなんて、やっぱりわたしとラスボスさんはただならぬ運命の下にあるみたいですね！　一億二千万年の因縁と歴史に今ここで終止符を打ちましょう！　ドドンッ！」

「いや、運命って……お前もどうせ《ＳＦＩＡ》の件で理事会に呼ばれてたんだろ？　同じ用件なんだから偶然でも何でもねえよ」

「！　な、なんという洞察力！　これが、噂に聞くラスボスさんのユニークスキル【過去視】……わたしの情報なんて丸見えだということですね!?　でも、わたしだって負けません！　何故なら、わたしは伝説の〝主人公〟なのでっ！」

「あー……」

「な、なかなか凄い理論ですね……」

もはや慣れてきた暴論に人差し指で頬を掻く俺と、どこか感心したようなニュアンスで囁く水上。するとその瞬間、当の夢野がくるりと水上に身体を向けた。

「む！　あ、あなたは……わたしのライバルさんですね!?」

「ライバルさん!?」

「《ＳＦＩＡ》の最終決戦でも言った通りです！　わたしの主人公道を阻む障壁、すなわちライバル！　わたしと事あるごとに白熱のバトルをしてお互いの成長を確かめ合う、そんな存在があなたです！　多分!!」

「そ、そうだったんですか……!?　初耳です！」

夢野(ゆめの)の宣言に水上(みなかみ)は大きく目を丸くする。……言い回しは独特だが、要は〝同じ一年生の高ランカーとして水上摩理(まり)を意識しまくっている〟ということだろう。確かに、立ち位置で考えれば好敵手(ライバル)と呼んでもさほど違和感はない。

とにもかくにも、そんな夢野はちらりと俺たちの後ろに視線を遣(や)って。

「ふふ……ちょうど、わたしたちのバトルに相応(ふさわ)しいゲームがあるみたいですね。さすがはわたしのライバルさん、手回しが完璧です！」

「バトルって……もしかして、このUFOキャッチャーですか？」

「イエス、です！　二人とも同じお菓子の袋にトライして、どちらの方がより少ない回数で景品を手に入れられるかの大勝負……！　もちろん、勝った方が主人公の称号をゲットできます！　どう見ても物語の山場ですよ、これは！」

「……あ、あの！　私、別に主人公じゃないので……譲りますよ？」

「！　なるほど、ライバルさんはあくまでライバルさんということですね。確かに、それも真理です。じゃあ、負けた方が相手にアイスを奢(おご)るという勝負はどうですか!?」

「え、えぇ……」

唐突な賭けを提案され、困ったように俺を見上げる水上。が、やがて覚悟を決めたのだろう。渋々ながら「……分かりました」と答えを返す。

「ではでは、まずは主人公であるわたしからです――シュバッ！」

言いながらUFOキャッチャーの筐体に自身の端末を触れさせると、夢野美咲は早速レバーを動かし始めた。経験者らしく、操作自体は手慣れたものだ。

「わたしの華麗な手捌きでアームが静かに降りていきます！　そして、ぴったりお菓子の袋に引っ掛か――らない⁉　ま、まさか、ラスボスさんが妨害工作をっ⁉」

「してねえよ。っていうか今、思いっきり外してただろ」

「ぐぬぬ、次は負けません！　右、右……もうちょっと……あ、あれ⁉　全然取れないです！　まさかこのお店、ラスボスさんの魔力で磁場が狂って⁉」

「ないから。……お前、いちいち実況してるせいで操作が遅れてるんだって。もうちょい早めにレバーを離せば取れるから」

「そ、それくらい分かってます！　行きますよ……ぎゅいん！」

次いで、三度目のトライ――俺の指示を守ってくれたおかげかどうかは知らないが、夢野の操るアームは見事にお菓子の袋を掴み上げていた。

「やったぁ！　ありが……じゃなくて、これが主人公の力です！　むむん！」

「……なるほど、です」

お菓子の袋を抱きかかえてはしゃぐ夢野を横目に、水上が小さく一歩進み出た。普段から真面目な表情をさらに真剣なそれへと昇華させ、じっと筐体の中を見つめる。……全力集中モード、だ。真面目な水上は、それ故にかなりの負けず嫌いでもある。

「では、行きます。…………っ」

が――とはいえ、初挑戦というハンデは思った以上に大きいようだ。一度目は大きく目算を外し、続く二度目のプレイもアームが袋に触れることすらなく終わってしまった。

「ふぅ……」

次で取れなければ負け、という状況に追い込まれた水上は、静かに息を吐き出しながらレバーに手を添える。そのまま操作を始める彼女だが、緊張からかその手はすっかり震えてしまっているのが見て取れた。

だから、というだけの理由でもないのだが。

「――え？」

俺は、何も言わずに横から手を伸ばすことにした。水上の指先になるべく触れないようにしつつも強引にレバーを押し倒し、最適な位置でアームを止める。アームはそのまま一直線で降下し、獲物であるお菓子の袋を取り出し口まで運んできた。

「っと……これで引き分け、だな。二人とも、割と筋は良かったんじゃないか？」

「やっぱりそうですか？　えへへ……じゃ、なくて！　ラスボスさんラスボスさん、今ズルしましたよね!?　わたし見てました、現行犯です！　ガルルルル！」

「そ、そうですよ篠原先輩！　今の勝負は明らかに私の負けです！」

「いや、そんなことはないだろ。っていうか……むしろ、夢野(ゆめの)にはアドバイスしたんだから水上(みなかみ)にも手を貸さなきゃフェアじゃない」

「「そ、そうですけど……！」」

納得いかない、という意味合いの声が被(かぶ)り、何とも言えず見つめ合う夢野と水上。

そんな二人に対して、俺は微(かす)かに笑いながらこう切り出すことにした。

「とにかく、今の勝負はどっちも三回で〝引き分け〟だ。で……確か、夢野が勝ったら水上が、水上が勝ったら夢野がアイスを奢(おご)る約束だったよな？　引き分けじゃ誰もアイスを食べれないことになっちまうから、今回は俺が二人に奢ってやるよ」

「え……そ、そんな。……いいんですか、篠原(しのはら)先輩？」

「良(い)いこと言いますね、ラスボスさん！　わたし、この学区で一番有名で美味(おい)しいお店を知ってます！　今すぐ行きましょう……！　ビュウゥウン！」

「……ったく」

驚いたように小首を傾(かし)げて尋ねてくる水上と途端に元気になった夢野を見て微かにくすぐったいような気持ちを抱きながら、苦笑交じりにそっと肩を竦(すく)めてみせる俺。

まあ——何だかんだで、俺も後輩には弱いということなのかもしれない。

引き籠もり魔王の失踪（？）事件と名探偵なイカサマメイド

liar liar

――八月某日。

　夏の大規模イベント《ＳＦＩＡ》が閉幕し、偽りの７ツ星である俺にも束の間の平穏が訪れていた頃、リビングで何かの文庫本を読んでいたメイド服姿の少女・姫路白雪が、手元の本をぱたりと閉じながら物憂げな声音でこう零した。

「ふぅ……暇ですね、何か事件でも起こらないものでしょうか？」

「えっ」

「え？　……あ。ち、違います、ご主人様」

　物騒な呟きに俺が思わず声を漏らすと、当の姫路は焦ったようにこちらを振り向いて滑らかな白銀の髪をふるふると横に振る。

「今のは言い間違い……というか、単なる失言です。変わらない日常に飽き飽きしてしまったとか、もしくは遅い中二病に目覚めたとかではなく、読んでいた推理小説がとても面白かったものですから……つい」

「あ、ああ……そういうことか。姫路がいきなり破滅願望でも持ち始めたのかと」

「いいえ、今の生活に不満など欠片もありませんので。……それにしても、やはり〝名探偵〟というのは魅力的な存在ですね。作中で既に提示されている証拠だけで予想外の推理を披露されると、いっそのこと感動に近い衝撃を覚えます」

「分からないでもない。……好きなんだな、推理小説？」

「はい、とても。もちろん、他のジャンルも大抵は好きなのですが」

読み終えた文庫本をメイド服の胸元に抱えながら、微(かす)かに照れたような笑みを浮かべてみせる姫路(ひめじ)。《SFIA(スフィア)》の決勝ラウンドに当たる謎解きゲームも楽しそうにやっていたし、その手の〝頭を使う推理モノ〟は彼女の性に合っているようだ。中でも難解な事件をあっという間に解決してしまう〝探偵〟には人一倍の憧れがあるらしい。

「っていっても……」

そんな姫路の表情を微笑(ほほえ)ましい気持ちで見つめつつ、俺は静かに腕を組んで続ける。

「事件なんて身近なところでポンポン起こるようなものじゃないからな。名探偵としての条件は〝それに相応(ふさわ)しい事件が発生すること〟だってどこかで聞いたことあるし」

「そうですね……いえ、もちろん事件など起こらない方が望ましいのですが」

白い手袋に包まれた右手をそっと口元へ運びながらむむっと考え込む姫路。どうやら今日の彼女は〝探偵〟がやりたくて仕方ないらしい。

「なら、どうせ暇だし【ウミガメのスープ】か何かでお茶を濁すのは――って、ん？」

と……俺がそんな提案を口にしようとした瞬間、テーブルの上に置いていた端末が突如として耳慣れた着信音を奏で始めた。小さく首を傾(かし)げながら画面を覗(のぞ)き込んでみれば、表

示されている名前は《カンパニー》の電子機器担当こと加賀谷（かがや）さんのそれだ。

とりあえず出てみることにする。

「もしもし、どうしたんですか？」

『あ、ヒロきゅん？　やほやほ〜。白雪（しらゆき）ちゃんと甘々で濃密な時間を過ごしてたところ悪いねん。もしお邪魔（じゃま）なら後で掛け直すけど〜？』

「普通に喋（しゃべ）ってただけですよ。……で、何ですか？」

『やー。なんかね、昨日からツムツムがうちに来てたんだけど、朝になったら忽然（こつぜん）といなくなってたんだよん。だから、ヒロきゅんの家に行ってたりしないかな〜と思って』

「いや、今日は見てないですね。ちなみに、朝って何時くらいですか？」

『今さっき。だから、えっと……十四時くらい？』

「それは昼です。……なるほど、椎名（しいな）がいなくなったと」

言いながら静かに思考を巡らせる俺。

ツムツム——椎名紬（つむぎ）は、加賀谷さんと同じく《カンパニー》に属する少女だ。五月期交流戦《アストラル》のゴタゴタで英明（えいめい）学園に引き取られ、さらに夏の大型イベント《SFIA（スフィア）》を通して交流を深めた結果、今では姉妹もかくやというレベルで懐いている。故にお泊りくらいは日常茶飯事だが、起きたら消えていたというのは腑（ふ）に落ちない。

『ツムツム、下手したら加賀谷のおねーさんより生活力ないからねん。自炊なんか絶対できないし、カップラーメンだって作れるかどうか……今までツムツムが遊びに来たときはちゃんと家まで送ってあげてたんだけど』

「まあ確かに、勝手に帰るっていうのはなさそうですね。加賀谷さんの家なら椎名の家みたいなものですし、永住する方がまだ自然っていうか」

「そう！　だから〝帰った〟説はかなり薄いんだよん。でもでも、ツムツムってかなりの引きこもりでしょ？　外に出掛けてる、っていうのもちょっと考えにくいんだよねん」

「ん……じゃあ、端末は繋がらないんですか？」

『ここにあるんだよねん、それが』

はぁ、と気怠い溜め息が端末越しに耳朶を打つ。……姿を消した椎名紬。ただ（椎名と接しているとつい忘れそうになるが）彼女はれっきとした中学三年生だ。そして、今は夏休みド真ん中の午後二時。一人で出歩いているからといって不安になるような時間帯でもない。この島で端末を持たずに外出、という点だけが疑問と言えば疑問だが、椎名の天才的技術力ならサブ機か何かを錬成している可能性だってある。

よって、しばらくは静観しようと思いかけた、その刹那――

「――……なるほど。これは、事件の匂いですね」

俺の隣から白銀の髪を零して端末を覗き込んでいた姫路が、澄んだ声音でそう言った。

とにもかくにも、さっそく捜査を開始する。

まず訪れたのは加賀谷さんの住むマンションだ。四番区内、英明学園と俺の館を結ぶ直線上からほんの少しだけ離れた地点。《カンパニー》という仕事柄〝潜伏拠点〟は複数持っているそうだが、最もメインで使っているのがこの家らしい。

「こんにちは、加賀谷さん。事件解決に参りました」

『――へぁ!? ほ、ほんとに来たの白雪ちゃん!?』

インターホン越しに受け取った姫路の声に何とも慌てたような反応を返し、ドタバタと騒音を撒き散らした後に薄っすらとだけ扉を開けてくれる加賀谷さん。彼女は俺の姿を認めると、振り下ろした人差し指の先をビシッとこちらへ突き付けてくる。

「ヒロきゅん！ ヒロきゅんは途中の廊下までしか入っちゃダメだから！ それ以上は絶対、絶対覗かないでねん!? 全おねーさんを助けると思って！」

「え……でも、多少散らかってても全然気にしないですよ？」

「それでもダメなの！ だってほら、なんか生々しいじゃん!?」

少しだけ頬を赤らめながらぶんぶんと首を横に振る加賀谷さん。扉の隙間から見える彼女の格好が薄手のタンクトップにホットパンツという超絶ラフなそれであることにようやく気付き、俺は「あ、はい……」と素直に引き下がる。……加賀谷さんはいわゆる〝残念美人〟だ。残念とはいえ美人なので、こうなると俺には反論の余地が全くない。

とにもかくにも。

そんな注意事項を頭に入れつつ、姫路と二人で加賀谷さん宅に突入する——玄関から伸びる廊下にはトイレやら浴室やらに続く扉ともう一つ別の扉があり、それらを無視して真っ直ぐ進むと、やがてリビングへ繋がるのであろう扉に行き当たった。事前の約束通り俺はその場で立ち止まり、加賀谷さんと姫路だけがリビングへ足を踏み入れる。

「…………」

程なくして、扉越しに二人の会話が聞こえてきた。

『相変わらず物が多いですね……つい先週、大掛かりな掃除をしたばかりなのですが』

『やー、あはは……おねーさんも努力はしてるんだよん？　でもでも、白雪ちゃんが定期的に来てくれるから散らかしても大丈夫かな～って思っちゃって』

『なるほど。でしたら、今後一切この部屋には——』

『わー！　わーわー！　それは困るってばぁ！　し、白雪ちゃんがいなくなったら誰がおねーさんの面倒を見てくれるっていうの⁉』

『自分で見てください……もう』

普段通りのやり取りを交わしながらも、姫路は〝探偵〟らしく部屋の随所を調べているようだ。時折、ベッドか何かに触れたのか『まだ温かいですね……』といった推理小説めいた台詞や、リビングの惨状に呆れ始めたのか『……下着が散乱しています』『確かにご主人様は入れられません……』という感想なんかを澄んだ声音で零している。

「ん……」

そんな中、廊下に立つ俺は俺でゆっくりと思考を巡らせてみることにした。

実際のところ、わざわざ言い聞かせなくたって家で一日中ゲームをしているタイプの椎名が今日に限って外へ出ている、というのはおかしな話だ。何か理由があったと考えるべきだし、その理由さえ分かれば彼女の居場所はきっと簡単に割り出せる。

(時間は四時過ぎ、か……さすがに、ちょっと心配になってきたな)

端末の時刻表示をちらりと確認しつつ内心でそっと呟く俺。……加賀谷さんの話が確かなら、椎名は朝ご飯すら食べていないはずだ。加えて端末を持たずに家を出ているのであれば島内通貨も全く持っていないということになる。

「なあ姫路、ちょっと——」

「——はい。わたしも同意いたします、ご主人様」

そうして俺が姫路に声を掛けようとした瞬間、リビング側から扉を開けた彼女はそんな言葉と共に白銀の髪を揺らしてみせた。澄んだ碧の瞳が真っ直ぐ俺を覗き込む。

「そろそろ冗談も言っていられなくなってまいりました。というわけで、少し本気を出そうと思います」

言って、廊下から続くもう一つの部屋の扉をキィ……と静かに押し開ける姫路。

と――そこは、いわゆる〝作業部屋〟というやつだった。奥の壁には無数のモニターが配置され、その付近にはPCやらファンやらコードやらが冗談みたいな物量で積み上がっている。SF映画でしか見たことがないような環境。姫路が中央の椅子に座って操作盤に自身の端末をセットすると、微かな唸り声を上げて全てのマシンが動き出す。

「小説の中の名探偵のように頭脳だけで解決できれば格好良かったのですが……残念ながら、わたしにはこの手しかありませんので」

言いながら姫路は超高速でキーボードを叩いていく。その様子は〝圧巻〟の一言だ。無数のモニターのうち一面では島内SNSのタイムラインを、もう一面では英明学園の裏掲示板を展開しつつ並列で情報収集を行い、同時に椎名が訪れる可能性の高い駅や店舗の監視カメラを（ハッキングして）徹底的に洗い出す。さらに別の画面では手に入れた情報を検索エンジンへ叩き込み、椎名の行動パターンを取り入れて複合的に精査する。

「ん……」

そして、姫路の〝推理〟が始まってからほんの十七秒後。

「なるほど、分かりました。今日は大人気パーティーゲームの発売日……ダウンロード版よりも限定パッケージ版の方が数時間だけ早く手に入るため実店舗へ向かった、という事情のようですね。そして代金は予約時に振り込み済みであるため島内通貨は必要なく、紬さんは無事にゲームを入手。そのままここへ戻ってくる、と思いきや――」

「……対戦相手を求めて俺の家に来た、ってわけか」

右手をそっと額に押し当てながら姫路の解説を引き継ぐ俺。……そう、そうだ。モニターに映し出された監視カメラの映像を繋いでいくと、新作ゲームを購入してルンルンな足取りの椎名は明らかに俺の家へと向かっているのが見て取れる。

「これが午後三時頃……ちょうど入れ違いになってしまったようですね」

端末を手に取りながらくすっと優しげな笑みを浮かべる姫路。

「ではご主人様、家に戻りましょうか。端末がなくては解錠ができませんので、扉の前で途方に暮れている可能性があります。それに……」

「それに？」

「きっとお腹も空いているはずですから。この事件の容疑者である紬さんには、取り調べのお供にカツ丼でも作ってあげようかと」

「……ああ、そりゃいい」

粋な計らいに思わず口元を緩める俺。

確かに〝探偵〟らしくはなかったかもしれないが……格好良さと気遣いとアフターフォローの手際に関しては本職の名探偵に負けず劣らずな姫路だった。

極秘の共犯者と夏祭りに行く唯一の方法

「――お願いにゃ！　本当に、一生のお願いなのにゃ！」

夏休みの真っ最中、学園島(アカデミー)三番区の片隅にある某カフェにて。

俺は――否、俺と彩園寺(さいおんじ)の二人は、学園島(アカデミー)公認組織《ライブラ》の大人気レポーターこと風見鈴蘭(かざみすずらん)にがばっと頭を下げられていた。

「ん……」

俺が反応するより早く、すぐ隣で嘆息交じりの声を零(こぼ)したのは彩園寺だ。夏休みということで私服姿の彼女は、紅玉(ルビー)の瞳をちらりと俺に向けてから改めて言葉を紡ぎ出す。

「《ライブラ》の企画で私たちの写真がたくさん欲しい……ね。鈴蘭(リリィ)の頼みだし無下(むげ)に断るつもりはないけれど、せめて選定理由か何かを教えて欲しいわ。篠原(しのはら)とのツーショットが学園島(アカデミー)中に出回るなんて、そんなの普通に罰ゲームじゃない」

「……それはこっちの台詞(せりふ)だっての、彩園寺」

煽(あお)るような口調でそう言った彩園寺に俺も即座に応じる。

「お前がいくら人気者だろうが、今の７ツ星は俺の方だからな。何が悲しくて〝格下〟なんかと一緒に写真を撮られてやらなきゃいけないんだ？　ま、お前が俺に惨敗して膝でも突いてるシーンだって言うなら話は別だけどな」

「あら、女の子を屈服させてそれを写真で残したいだなんて随分と特殊な趣味をしてるのね、篠原？　もしかして、普段から頭の中で私にひどいことしてるのかしら」

「それこそ自意識過剰だっての、お嬢様」

くすっ、とからかうように口元を緩めながら俺の顔を覗き込んできた彩園寺に対し、表面上は小馬鹿にしたような態度でそっと肩を竦める俺。……何というか。彩園寺更紗という少女はちょっと信じられないくらい顔が良いので、迂闊にそういうことを言われるとどうしても心拍数が上がってしまう。少しは自重して欲しいものだ。

が、まあそれはともかく。

「えっと……実はこれ、ワタシたち《ライブラ》の恒例企画なのにゃ」

対面に座る風見がおずおずと本題に入る。

「夏休みのオフショット集、って言えば雰囲気は何となく掴めるかにゃ？　要するに普段は戦ってばっかりの高ランカーたちに密着して、普通に友達と遊んでるところとか何気ない日常風景とか、そういう〝大規模《決闘》以外〟の写真を色々と撮らせてもらってるにゃ。絶対、悪いようにはしないのにゃ！」

「いえ、そこは疑っていないのだけれど……どうして私と篠原なの？」

「もっちろん、需要があるからに決まってるにゃ！　7ツ星&元7ツ星！　顔を合わせればバチバチに煽り合う最強同士のライバル関係！　最近では二人が話してるのを見かけただけでゾクゾクする、っていうアンケート結果も得られてるくらいにゃ！」

「ゾクゾク、って……」

豪奢な赤髪を揺らしながら微かに溜め息を吐く彩園寺。まあ、それだけ俺と彼女の〝敵対関係演出〟が浸透している、ということなのかもしれないが。

とにもかくにも、徐々にギアの上がってきた風見が勢い込んで言葉を継ぐ。

「そんなわけで、今回のテーマは〝夏〟にゃ！　篠原くんと更紗ちゃんなら並んで歩いてるだけでも充分画になるんにゃけど、せっかくだからこの二択から選んで欲しいにゃ。一つ目の選択肢が、ちょっとキワドイ水着でプールに——」

「却下。……全く、もう一つも似たようなシチュエーションだったら怒るから」

「て、手厳しいにゃ。でも大丈夫、次は完全に別系統にゃ！　なんと——可愛い浴衣で夏祭りプラン！　どうかにゃ、どうかにゃ!?」

「…………ふぅん？」

気のない素振りを見せながら微かに語尾を上げる彩園寺。その口元はほんの少しだけ緩み、ついでに紅玉の瞳はちらちらと窺うようにこちらを見つめていて。

（あ、これ一緒に行かされるやつだ……）

俺は、内心でそんなことを考えながら嘆息交じりに小さく肩を竦めることにした。

というわけで、週末——。

俺は学園島五番区の夏祭り会場を訪れていた。

学園島は場所ごとに管理している人物やら団体が異なるため、こういった祭りも学区の数だけ存在する。当然ながら規模も趣向も様々だ。五番区はそれなりに力を入れているようで、会場だけじゃなく周囲の店舗や商業施設も含めて〝祭り一色〟となっている。

「……遅いな、あいつ」

そんな高揚感を伴う喧騒の中で、俺は小声でポツリと呟いてから手元の端末に視線を落とした。彩園寺との待ち合わせ時刻は十七時。そして、現在は十七時十五分を回ったところだ。このくらいの遅刻で文句を付ける気はないが、彼女にしてはなかなか珍しい。

と——俺がそこまで思考を巡らせた、その時だった。

「お待たせ、篠原。……ちょっと遅くなっちゃったわ」

微かに息を切らしたような、それでいて急いで来たのを隠すべく平静を取り繕おうとしているような声。この数ヶ月で過ぎるくらいに聞き慣れた少女の声に対し、俺はいつも通りの〝煽りモード〟を発動させながら振り返って——

「ッ……」

――瞬間、絶句した。

俺の目の前に立っているのは確かに彩園寺更紗だ。それは間違いない。間違いないのだが、その姿は俺の知っているどの〝彩園寺更紗〟とも一致しなかった。随所に桜模様がちりばめられた薄桃色の浴衣。豪奢な赤の長髪は高い位置で団子状に結ばれ、首筋の辺りが涼しげに露出されている。また浴衣の裾から覗く素足には下駄が合わせられており、いつもより少しだけ背が高くなっているのか顔の位置がとても近くに感じられる。

だからまあ、端的に言って――めちゃくちゃに、可愛い。

（ああもう……こいつはもう、これだからさあ……！）

心の中でしばし悶絶する俺。

時と場合によっては一瞬で敗北していた可能性もあるが、とはいえ俺と彼女はバチバチの敵対関係。そして今日は取材の日――今もすぐ近くに《ライブラ》の撮影班が待機していて、多くの野次馬も発生している。ストレートに褒めるのはよろしくないだろう。

故に俺は、照れ隠しも兼ねて微かに口角を持ち上げながら切り出す。

「ハッ……気合充分かよ、お嬢様。よっぽど楽しみにしてたのか？」

「楽しみだったかどうかはともかく、記事になるんだから気合いを入れてくるのは当たり前じゃない。別に、篠原と出掛けるから張り切ってきたってわけじゃないわ。変な噂が立ったら迷惑だから勝手に勘違いしないでもらえる？」

「一言も言ってねえよ、そんなこと。……あー、ちなみにさ。お前が待ち合わせに遅刻するなんて、厄介なトラブルでもあったのか？」

「あら、心配してくれていたの？　ごめんなさい、別に大した話じゃないわ。ここへ来る途中で私のファンだって子たちに囲まれちゃっただけ。いつもはあそこまで大騒ぎされたりしないのだけど……」

「ああ……なるほど、そういうことか」

普段より騒がれていた理由は明らかに〝今日の彩園寺更紗が可愛すぎるから〟だが、そんなことは口が裂けても解説できない。静かに首を振りながら「別に心配なんかしてないけどな」という最低限の強がりだけ付け加えておく。

そんなこんなで、俺たちはようやく夏祭り会場に足を踏み入れることにした。

学園島最強と桜花の《女帝》の組み合わせ、ということで注目度は常に半端じゃなかったが、後ろから《ライブラ》のカメラが付いてきているため何となく事情は察してもらえている。言い訳の手間が省けるため俺としても非常にありがたい話だ。

ちなみに彩園寺の方はと言えば、先ほどから俺の隣でりんご飴を舐めている。この会場に足を踏み入れるや否や大人気だという焼きそばを食べ、続けて同じく定番のフランクフルトも一瞬で平らげ、さらには綿あめまでパクついていたはずなのだが……。

「……お前、さっきから食べてばっかりじゃないか？」

「女の子に向かってひどいこと言うじゃない、篠原。夕食の代わりって考えれば普通の量でしょ。……え、もしかして普通じゃないの？」

「いや、そういうつもりで言ったわけじゃないけど」

「なら良いじゃない。こういうの、普段は絶対に食べられないんだから」

舌をちろっと出して飴を舐めながらそんなことを言う彩園寺。……まあ確かに、それもそうか。りんご飴や綿あめはもちろん、焼きそばやフランクフルトだって彩園寺の〝お嬢様属性〟にはちょっと不釣り合いな代物だろう。本物のお嬢様ではなく〝演技〟だからこそ、ジャンキーな食事は普段からなるべく避けているはずだ。それこそ、こういった祭りの日が唯一の例外というか、不調和を掻き消せる日——ということになる。

「～～～♪」

「……ったく」

上機嫌で下駄を鳴らす彩園寺に触発されて、というわけでもないが、隣を歩く俺も何だかんだで夏祭りを満喫する。

そうして一時間か二時間が経過した頃、風見が『たっぷり素材が撮れたのにゃ！』とホクホク顔で感謝と企画の終了を告げてきた。取材という大義名分がなくなった以上は散策を続ける理由もなく、最後に射的だけやってから俺たちも会場を出て——その刹那、

「あっ……」

すぐ左隣を歩いていた彩園寺が、不意に小さな声を上げてしゃがみ込んだ。……どうやら、下駄の鼻緒がぷつりと切れてしまったらしい。

「あーあ……ちょっとはしゃぎ過ぎちゃったかしら。片足で歩くわけにもいかないし、彩園寺家の誰かに迎えに来てもらった方が良さそうね」

「……あー、いや」

敵同士、という関係性を考えれば彩園寺の意見が圧倒的に正しいのだが、端末を取り出す彼女の姿が少しだけ寂しそうに見えてしまって、俺は自分でも気付かないうちに否定の言葉を口にしていた。次いでそのまま、勢いに任せて彩園寺の前にしゃがみ込む。

「乗れよ。……うちに来れば、代わりの靴か何か貸せると思う」

「え!? な、何言ってるの篠原、そんなの——」

「いいから。今なら周りに誰もいないし……さっきの射的で手に入れた何かの帽子みたいなやつ、あっただろ？ アレを被ればお前が誰かなんてパッと見じゃ分からない」

「それは、そうかもしれないけど……もう、しょうがないわね」

意を決したように呟いて、俺の肩にそっと手を乗せる彩園寺。躊躇いがちに体重が掛けられ、続けて得も言われぬ柔らかい感触がむぎゅっと背中に押し付けられる。

「う……へ、変なとこ触らないでよ？ それと、変なこと考えるのも禁止だから！」

「この状況でそんなことするわけないだろ」

「……ふぅん？　触らないんだ………いいけど」

何やら不満げな声音でそう囁いて、今度は俺の首に腕を回してくる彩園寺。吐息が鼓膜を撫でて、整った顔がすぐ近くに寄せられて、再びドクンと心音が跳ね上がる。

（っ……へ、平常心、平常心……！）

修行僧の如く必死で精神統一を試み続ける。

その甲斐もあってか、俺は彩園寺を背中に乗せたまま誰にも会わないルートで自宅まで戻ることに成功した。想像以上に長時間の道程になったためいつしか眠ってしまっていた彩園寺をひとまず来客用のベッドに寝かせ、その寝顔やら少しはだけた浴衣やらにこくりと唾を呑んでから、気を取り直して代わりの靴を探してきて――その結果、

「え……ま、待って。あたし、何でベッドに寝かされてるの……？」

「……ご主人様。更紗様とどこで何をしていたのか、一通り説明していただけますか？」

「あ、あー……えっと」

――ハチャメチャな修羅場に巻き込まれた、ということだけは間違いない。

魔女っ娘メイドはかく語りき

liar liar

――八月某日、夏休みの真っ最中。

夏の大型イベント《SFIA》が無事に幕を下ろしてからというもの、偽りの7ツ星であるところの俺はそれなりに平穏な日々を送っていた。

いつかの彩園寺も言っていたが……学校の授業やら《決闘》系のイベントが行われない長期休暇の期間に限って、俺と彼女は特大の〝嘘〟から部分的に解放される。普段は四六時中気を張っていないといけないのに対し、今はどこかへ出掛ける時だけ忘れずに〝学園島最強〟としてのスイッチを入れ直せばそれでいい。

「くぁ……」

そんなわけで、俺は今日も今日とて欠伸をしながらリビングへと足を運んでいた。時刻は朝の七時過ぎだ。せっかく夏休みなんだからもう少し怠惰な生活リズムに変えてもいいとは思うのだが、二度寝の類を選びたくない事情というモノがある。

それこそが、姫路白雪――優秀で従順で最強な銀髪メイド、だ。

偽りの7ツ星である俺を〝補佐〟するために住み込みで（！）メイドをしてくれている彼女は、この時間ならとっくに家事を始めている。掃除や洗濯が終わっているのはもちろん、俺がセットしているアラームの音でも聞こえているのか朝食も完璧なタイミングで準備してくれている始末だ。そんな極上の奉仕を裏切るのは俺だって本意じゃない。

（いくら〝学園島(アカデミー)最強の7ツ星〟って言ったたって、さすがに贅沢(ぜいたく)すぎるような気もしちまうけど……まあ、今だけの幸運ってことで）

今までも何度となく抱いている感想を改めて胸の内で零(こぼ)しつつ、俺はリビングの扉を開ける。そこにはいつも通りに姫路(ひめじ)の姿があった——が、何やら様子がおかしい。

「……魔女？」

夢でも見ているのか、と自問しながらポツリと呟(つぶや)く俺。

そう——魔女、魔女だ。俺の目の前に立っているのが姫路白雪(しらゆき)であることは間違いないが、彼女の格好はいつもの可愛(かわい)らしいメイド服ではなく、黒のドレスにローブに三角帽子(ぼうし)という紛(まご)うことなき〝魔女〟の衣装になっていた。あまりにも唐突かつ現実味の薄い光景に、俺は扉に手を掛けたまま思わず言葉を失ってしまう。

「——おはようございます、ご主人様」

そんな俺とは対照的に、魔女姿の姫路は三角帽子を乗せた白銀の髪をさらりと揺らしながら透明な口調でそう切り出した。続けて彼女はふわりと黒のローブを翻(ひるがえ)すと、いつも通りの丁寧な所作で俺をテーブルへと案内する。

「どうぞ、こちらへ。お目覚めの紅茶を用意していますので」

涼しげな声で囁(ささや)きながらくすりと微笑(ほほえ)んでみせる姫路。

彼女が示した席に置かれていたのは一つのティーカップだ。中には普段のそれよりも明らかに赤く、まさに〝血〟の色を連想させる液体が注がれている。魔女に血液、と並ぶと不吉な印象しかないが、傍(かたわ)らの姫路は微笑むばかりで何も教えてはくれない。

「……っ……」

だから俺は、その正体を確かめるためにも（あるいは状況を把握するためにも）意を決して紅茶に口を付けてみることにした。途端、赤々とした液体が遠慮なく俺の舌先を蹂躙(じゅうりん)し、喉を焦がさんばかりの勢いでドクドクと流し込まれる――ということはなく、

「っ…………え、甘い？　っていうか、すげえ美味(うま)いような…………あれ？」

「……ふふっ。気に入っていただけて何よりです、ご主人様」

しばし遅れた俺の反応に、姫路(魔女)はふわりと相好を崩した。

「――結論から申し上げますと、犯人は加賀谷(かがや)さんです」

それから数分後。

自分の分の赤い紅茶（もちろん血液などではなくストロベリーティーだ）を用意して俺の隣にちょこんと座ると、魔女装束の姫路は透明な声音でそんな説明を切り出した。

澄んだ碧(あお)の瞳が真っ直(す)ぐに俺の顔を覗(のぞ)き込む。

「こちらの衣装、ご主人様は覚えていらっしゃいますか？」

「そりゃもちろん。あれだろ？　《伝承の塔》に参加した時の……」

「はい。大正解です、ご主人様」

　三角帽子(ぼうし)をこくりと揺らして頷(うなず)く姫路(ひめじ)。……そう。彼女が着ている魔女服のデザインというのは、夏期交流戦《SFIA(スフィア)》の最終決戦《伝承の塔》で採用されていたそれだ。長いこと同行していたため、かなり印象に残っている。

「あちらの《決闘(ゲーム)》に登場した勇者、天使、悪魔、魔法使いのアバター衣装は全て《ライブラ》がデータとして用意したものなのですが、加賀谷(かがや)さんがとても気に入ってしまったようで。そのままオーダーメイドで発注した、とのことです」

「普段はめちゃくちゃ怠けてるのにこういう時の行動力は凄(すさ)まじいな、加賀谷さん……まあ、確かに俺も似合ってると思うけど」

「……ぁ、ありがとうございます」

　ぎゅ、と両手で三角帽子の鍔(つば)を引き下げながら、姫路は絞り出すような小声でそんな返事を口にする。そうして、帽子の陰に隠れるような体勢のまま彼女は続けた。

「ともかく、曲がりなりにも素敵な服をいただきましたので、どうせなら〝らしい〟ことでもしてみようと思ったのですが……残念ながら魔女に関する知識があまりなく、とりあえず紅茶を赤くしてみたという次第です」

「なるほどな……その割には普通に美味(うま)かったけど」

「それは当然です。ロールプレイとはいえ、ご主人様に出来の悪いものをお出しするわけにはいきませんので」

さらりと白銀の髪を揺らして断言する魔女メイド、もとい姫路。

対する俺は、当の紅茶をもう一口飲んでから右手をそっと口元へ近付けてみる。

「にしても、魔女っぽいことね……やっぱり、定番は〝使い魔〟とかじゃないか？」

「そうですね。確かに、魔女と言えば使い魔というイメージはとても強いです。魔女の宅〇便のキ〇様は黒猫のジ〇様を従えていましたし、紬さんもケルベロスのぬいぐるみ、もといロイド様をいつでも大事そうに抱き締めています」

「だな。ケルベロス――は、一応〝犬〟ってことでいいんだよな？　地獄の番犬だし」

「……おそらくは」

そもそも椎名紬は魔女なのか、という根本的な疑問はあるが、とはいえ身近な人間で日頃から〝使い魔〟を連れ歩いているのは彼女しかいない。UFOキャッチャーの景品もあれだけ可愛がってもらえれば本望というものだろう。

「ちなみに……ご主人様は、どんな使い魔を従えてみたいですか？」

「俺か？　うーん、そうだな……」

隣の姫路に碧の瞳を向けられて、俺は唸り声を上げながら熟考する。……人並みにゲームや漫画を嗜む身としては〝使い魔〟の妄想をしたことがないとは言わないが、魅力的な選択肢が多すぎるため一つに絞るのはなかなかに難しい。

「でも、まあ……何となくだけど、鳥の使い魔は大体カッコいい気がするな。鷹とか鳩とか、あと梟とか……頭良さそうだし、色んな場面で助けてくれそうっていうか」

「なるほど。……メイド、ではないのですね？」

「え……いや、メイドは使い魔じゃないだろ」

「ですが、わたしもご主人様を色々な場面で助けられます」

「だから使い魔と張り合うなって」

何故か拗ねたような口調（当社比）で囁いてくる姫路と、そんな彼女の主張に小さく口元を緩めながら応じる俺。

「っていうか……使い魔を連れてる云々は一旦置いておくとして、魔女って普段は何してるんだ？ 勇者みたいに〝戦ってばっかり〟って印象じゃないよな」

「そうですね。何となくですが、机に向かってひたすら勉強をしているイメージが強くあります。分厚い魔導書を読んだり、新たな魔法を生み出すべく研究を重ねていたり……羽ペンとインクと羊皮紙、のような世界ですね」

「確かに、魔術が学問の一種だっていう設定のゲームも多いもんな。古代文字で書かれた魔法陣とか解読困難な術式とか……複雑だけどめちゃくちゃカッコいい」

「同意します。ですが……覚えるべきことが非常に多いと思われますので、ご主人様にとっては結構な苦手分野かもしれませんよ？」

「うっ……それはまあ、そうかもだけど」

微かに悪戯っぽい声音で弄ってくる姫路に対し、俺は人差し指で頬を掻きながら短く肯定の言葉を返しておく。……確かに、魔法使いともなれば暗記事項は莫大だろう。テストでギリギリ赤点を回避するのとはどう考えても次元が違う。

と、その時だった。

「ご主人様。実は……一つ、見ていただきたいものがあるのですが」

隣の姫路がそう言って不意に席を立った。いつの間にか無骨な杖のようなものを手にした彼女は、俺から少し離れたところでくるりとこちらを振り向いてみせる。

——そして、

「術式展開——詠唱【闇夜に舞う乙女】」

「ッ……!?」

姫路がそんな言葉を口にした瞬間、室内の空気ががらりと変わったのが分かった。胸元のブローチを煌々と輝かせる彼女の周りに大気の渦のようなものが生まれ、同時にその足元では無数の白い光が縦横無尽に駆け回り始める。描かれているのは何重もの同心円に複雑な紋様やら見たこともない言語やらが書き加えられた魔法陣だ。薄らとした白で彩られたそれが、姫路の詠唱に従って徐々に〝完成〟へと近づいていく。

「――〝発動〟」

そうして、詠唱が最後まで紡がれ切ったその瞬間……キンッ、と高い音が響き渡ると共に、リビングの電気が落とされた。外の光があるので〝闇夜〟というほどではないが、それでも多少は薄暗くなる。そんな仄暗い世界の中で、姫路は微かに微笑んで――

「ご主人様。もしわたしが〝本物の魔女〟だと言ったら……どうしますか？」

――囁くように尋ねてくる。

薄暗がりに佇む彼女の姿はどう見ても魔女そのもので、足元の魔法陣も本物にしか見えなくて、魔法も確かに発動している。じゃあ、まさか本当に……

「って……違う、そうじゃない。部屋の電気は端末で消しただけだ。それに、魔法陣の方は《伝承の塔》の時と全く同じエフェクト……要は、ただの演出だろ？」

「……はい、ご名答です。さすがの観察眼ですね、ご主人様」

ギリギリのところで罠を回避し、ほっと胸を撫で下ろす俺。対する姫路は微かに口元を緩ませながら再び俺の右隣に座ると、白銀の髪をさらりと揺らして言葉を継ぐ。

「ご指摘の通り、わたしは本物の魔女ではありませんが……もし、仮にですよ？　どんな魔法でも一つだけ自由に手に入るとしたら、ご主人様は何を望みますか？」

「一つだけか。めちゃくちゃ難しいな、それ……タイムスリップとか、ワープとか、不老不死なんかも悪くないし。……けど、よく考えてみたら別に魔法なんか要らないって気もするな。俺には《カンパニー》が付いてるから、現状で万能の魔法使いみたいなもんだ」

「ふふっ……確かに、言われてみればそうかもしれませんね」

「ああ。ちなみに、姫路の方はどうなんだ？」

「わたしですか？　ん……そうですね」

そこで一旦言葉を止めたかと思えば、姫路はどういうわけかほんの少しだけ身体をこちらへ寄せると、微かに上目遣いの体勢でじっ……と俺の瞳を覗き込んできた。澄んだ碧眼やら長い睫毛やらが俺の視界で大写しになり、当然の如くドクンと心臓が跳ねる。

「…………、いいえ」

数秒の間そのまま静止していた姫路だったが、やがて小さく首を横に振った。何かを企んでいるような、悪戯っぽい角度で緩められたままの口元。そうして彼女はゆっくりと身を引きながら三角帽子を少しだけ引き下げてみせると、囁くように一言。

「わたしも遠慮しておこうと思います。……仮にそのような力が手に入ってしまったとしたら、途端に〝悪い子〟になってしまいそうですので」

「……っ……」

姫路の発した言葉の意味は、正確には分からなかったが……

何故か、無性にドキドキした。

専属メイドによるドキドキ（!?）身体測定

「身体測定のお知らせ……ですか」

——八月某日。

英明学園からのメッセージを表示させていた俺の端末をすぐ隣から覗き込むような格好で、メイド服姿の姫路白雪がポツリとそんな言葉を口にした。

場所は自宅のリビングだ。いつも通り姫路お手製の豪勢な昼食を食べ終わり、まったりとした時間を過ごしていたところ。普段と違うのは、俺の左隣に（つまり姫路の逆サイドに）ゴスロリドレスの中学生——椎名紬がちょこんと腰掛けていることくらいだろう。夏休みで俺も姫路も時間が空いているため、今日は朝から遊びに来ている。

そんな椎名が、さらさらの黒髪を揺らしながら口を開いた。

「身体測定？　それなぁに、お姉ちゃん？」

「？　紬さんも毎年受けているはずでは……いえ、そういえば参加されていないのでしたね。失礼いたしました」

謝罪も兼ねて小さく頭を下げてから、姫路はピンと人差し指を立てて説明に移る。

「身体測定というのは、読んで字の如く身体機能の測定検査を指す言葉です。通常は一年間に一度のペースで実施されるもので、身長や体重、視力や聴力なども測定します。学校で行う場合は歯科検診や耳鼻科検診を兼ねているものも多いですね」

「な、なんか難しそう……でもわたし、自分の身長なら知ってるよ？　だって選ばれし者だもん！　多分、魔界で一番おっきいと思う！」

「はい、そうかもしれません。ですが、今はもっと伸びている可能性もあります。それを知ることができると考えれば悪くない機会だと思いませんか？」

「！　確かにそうかも！　わたし、すごいっ!!」

姫路(ひめじ)の説明に漆黒と深紅のオッドアイを一瞬でキラキラと輝かせ、胸元のロイド（ケルベロスのぬいぐるみ）に抱き着く椎名(しいな)。相変わらず単純で素直なやつだ。

とにもかくにも、俺は改めてメッセージに目を通すことにする。

「【英明(えいめい)学園に通う生徒は二学期の開始までに学園の連携機関にて身体測定および各種検診を受けること】……なるほど、そういう感じなんだな。俺が元いた学校では校舎で一斉実施してたけど、まあ英明(ウチ)の規模でそんなことできるわけないか」

「そうですね。それは良いのですが……ただ」

言って、姫路がさらりと白銀の髪を揺らしてみせる。

「一つだけ問題があります。――ご存知(ぞんじ)ですか、ご主人様？　今の学園島(アカデミー)において、ご主人様の〝情報〞は大変に貴重なのです」

「……え？　俺の、情報……？」

「はい。何しろ、学園島(アカデミー)では様々な《決闘(ゲーム)》が行われます――中には〝身長が高いほど有利なルール〟や〝視力が悪いと不利になってしまうルール〟が存在しても不思議はないでしょう。ですので、ご主人様の情報はなるべく明かしたくありません」

「ああ、なるほど……」

　涼しげな声音で語る姫路に対し、俺は身体(からだ)の前でそっと腕を組む。……確かに、言われてみればその通りだ。健康診断を担当する英明の関連機関が意図的に俺の個人情報を横流しするとは思えないが、ただでさえ〝7ツ星(ＳＴＯＣ)〟は注目の的。たとえば一緒に受診していた誰かが俺の記録用紙(カルテ)か何かを覗(のぞ)き込み、島内ＳＮＳに晒(さら)してしまわないとも限らない。

「《カンパニー》に適当なデータを入れてもらう手もあるけど……」

「いえ。技術的にはもちろん可能ですが、身体測定は単なる測定ではなく健康管理の意味合いもありますので、ご主人様にはぜひとも受けていただきたいと思っています。というわけで――今回は、わ、わたしが、や、やります」

「……へ？　何だよそれ、どういう意味だ？」

「言葉通りの意味ですよ？　わたしが、ナース代行としてご主人様の身体測定を担当させていただきます。歯科や耳鼻科の検診は後ほど専門の方に依頼しますが、その他の測定に関しては機器さえあれば自力でも行えますので」

「！　え、じゃあわたしも！　お姉ちゃんお姉ちゃん、わたしも身体測定やりたい！」

「はい、もちろんです紬さん。一緒に測定してしまいましょう」

ぐいっと身を乗り出して、つまり俺の膝に両手を置くような形で参加希望を出した椎名に対し、姫路はにっこりと笑みを浮かべてみせる。……もしかしたら、姫路の狙いは最初から椎名の方だったのかもしれない。人見知り故に身体測定なんか受けたこともない彼女だが、俺と姫路しかいない環境なら喜んで参加してくれるという寸法だ。

「ん……それで、測定ってのはどこでやるんだ？　体重だけならともかく、身長やら視力やらをここで測るのはちょっと難しいよな」

「そうですね。なので、専用機器のある場所へお邪魔しようと思います」

微かに悪戯っぽい笑みを浮かべて囁く姫路。そうして彼女は、白手袋に包まれた右手の人差し指をそっと唇の前に立てると、潜めた声音でこう言った。

「保健室です――こっそり忍び込みましょう、ご主人様」


――その日の夜。

俺と椎名は、二人して英明学園の敷地内に侵入していた。

端末の権限は足りているため電子錠の類は問題なく突破できるが、とはいえ椎名の存在を公にしたくないため――そして彼女が極度の人見知りであるため――ミッションとしてはいわゆる〝潜入任務〟というやつだ。

「うぅ……」

夜の学校が不気味に感じられるのか、隣を歩く椎名はさっきからやけに大人しい。

「ね、ねえお兄ちゃん、手繋いでもいい……？　闇の住人だから、わたしは全然怖くないんだけど、けど……」

「ああ。椎名は平気でも、俺の方が闇にやられちまうかもしれないもんな」

「……！　そう、そういうこと！　えへへ、やっぱりお兄ちゃん大好きっ！」

ぱぁっと顔を明るくしながら駆け足でこちらへ身体を寄せ、ぎゅっと俺の手を握ってくる椎名。心細げに指を絡ませてくる彼女に少しだけドキドキしながら真っ暗な校舎の中を進み、目的の保健室に到着してから初めてパチッと電気を点ける。

――と、

「お待ちしていました、ご主人様。それに紬さんも」

「っ……!?」

そこには、姫路が――それも見慣れたメイド服や制服ではなく、薄桃色のナース服に身を包んだ姫路白雪が仄かな笑みを浮かべて立っていた。普段の服装よりも遥かに布地が少なく、超ミニのスカートは眩い太ももを惜しげもなく晒している。加えて身体のラインがはっきりと出る格好のため、何というかまともに視線を向けられない。

ごくりと唾を呑みながらどうにかして言葉を紡ぐ。

「えっ、と……どうした姫路、その格好？」

「せっかく保健室に忍び込んでいますので、相応しい服に着替えてみました。……もしかして、あまり似合っていないでしょうか？」

「そうじゃない。むしろ、似合い過ぎてて困るっていうか……」

「？　はい、ありがとうございます」

胸元の聴診器を揺らしながらふわりと首を傾げる姫路。

「ともかく、身体測定を始めてしまいましょう。周辺の警戒は加賀谷さんに頼んでいますが、早く終わるに越したことはありませんので」

「やったー！　最初は何するの、お姉ちゃん？」

「そうですね……やはり、まずは定番の身長測定でしょうか。こちらの身長計を使って実施しますので、紬さんからどうぞ」

「わーい！」

姫路に促されるがまま身長計へと小走りに駆けていく椎名。靴を脱ぎ捨てた彼女はそのまま台に飛び乗ると、わくわくした表情で上を見ながらうずうずと口を開く。

「ね、ね、早く！　お姉ちゃん測って測って！」

「はい、今すぐに」

可愛らしい催促の声に思わず口元を緩めながら、ナース姿の姫路はコツコツと椎名のす

ぐ近くまで歩みを寄せる。そうして頭の上に当てる板のようなモノ――カーソルというらしい――を丁寧な手付きで下げていく、が。

「んー、んー！」

それを見た椎名が、柱に背中を押し付けるようにしながらぴょんぴょんと思いきり背伸びをし始めた。胸元にぬいぐるみを抱きながら懸命に爪先立ちをしている様は大層可愛らしくて和んでしまうが、とはいえ残念ながら不正は不正だ。

「……あの、紬さん？　そんなに背伸びをされてしまったら正しく計測できません。踵を台に付けていただいてもよろしいですか？」

「！　でも、そしたらちょっとだけ小さくなっちゃうもん！」

「いえ、ですが……」

「じゃあじゃあ、魔力！　選ばれし闇の眷属であるわたしからはいつも魔力が放出されてるから、それでちょっとだけ浮いちゃうの！　その分！」

「……なるほど」

それなら仕方ありませんね、みたいな顔で一つ頷いて、そのまま静かに身長計のカーソルを下げていく姫路。要望を叶えてもらった椎名の表情がパッと明るくなり――それで気が緩んだのか、直後にぺたんと踵を下ろしてしまう。

「――はい、測定完了です。お疲れ様でした」

「わ……むぅ、油断しちゃった。せっかく5メートル越えの新記録を狙ってたのに……」

「いや、そういうゲームじゃないから」

苦笑交じりに呟く俺。……ただ、椎名の長所はとにかく切り替えが早いところだ。身長計をぴょんと飛び降りた彼女は、すぐ隣の機械へと視線を移す。

「次は……えっと、これ？」

「はい、体重測定ですね。女の子にとって秘密にしたい数字ベスト3にランクインする重要データです。紬さんの場合、ドレスの装飾があるので本来の数値より少しだけ重くなってしまうかもしれませんが……」

「そうなの？　じゃあ——」

「————!?」

瞬間。椎名はロイドを傍らの椅子に乗せると、ゴスロリドレスの腰に巻かれていたリボンをしゅるっと解いてみせた。途端にふわりと大きく布地が広がり——何か致命的なものが見えたわけではないものの——俺は慌てて身体を１８０度後ろへ向ける。

「んっと、これも……っと、と」

その後も危うい想像を掻き立てる衣擦れの音はしばし続いて。

「——うん！　お姉ちゃん、これなら大丈夫？」

「そう、ですね……はい。下着姿なら、問題などあるはずもありません」

（下着⁉　ふ、振り向けねえ……っ！）

背後で交わされる会話に心臓を高鳴らせつつ両目を瞑る俺。……言動が幼い上に〝妹属性〟であるためつい忘れてしまいそうになるが、椎名紬は俺と二つしか年が違わない。加えてとびっきりの美少女だ、この状況でドキドキするなという方が難しい。

と――

「……失礼いたします、ご主人様」

そんな囁き声が耳朶を打った刹那、正面に誰かが回り込んできたような気配がして、直後に俺の胸元へ〝何か〟が押し付けられた。丸くて固い金属製のモノ――すなわち、聴診器だ。ゆっくり目を開いてみると、何やら拗ねたような顔をしている姫路が窺える。

ナース服の彼女は、しばし俺の心音を聴いてからジト目になってこう呟いた。

「先ほどからご主人様の心拍数がとても高くなっています。……そんなにドキドキしたのですか？　紬さんの下着姿に」

「い、いや――」

咄嗟に言葉を濁す俺。もちろん完全に否定はできないが……俺の鼓動が呆れるほど早くなっている一番の要因は、十中八九〝それ〟じゃない。何しろ、だ。

「……俺の心拍数が上がってるのは、この部屋に入った瞬間からだって」

あまりにも可愛い専属メイドから目を逸らしつつ、俺は絞り出すようにそう言った。

カナヅチ同士の仁義なき水泳対決

liar liar

『ストーカーさん……わたしと、プールに行かない？』

「……は？」

夏休み中のとある日、深夜。

長期休暇ならではの贅沢な夜更かしを切り上げてそろそろベッドへ入ろうとしていた俺に突如として電話を掛けてきたのは、聖ロザリアの《凪の蒼炎》こと皆実雫だった。

いつもながら気怠げな雰囲気を醸し出している彼女は、俺の反応を受けて『ん……』と微かな吐息交じりに言葉を継ぐ。

『そんなに興奮されると、困る……やっぱり、なし』

「……いや、別に興奮はしてないけど」

『ストーカーさんは、嘘つき。女の子からのプールのお誘い……ストーカーさんも、きっとソワソワ。わたしの水着姿を想像して、ニヤニヤしてる……絶対、間違いない』

「断定すんなよ、おい」

淡々とした声音で追撃を繰り出してくる皆実に対し、俺は小さく肩を竦めながら否定の言葉を返しておく。が……まあ確かに、皆実雫は誰もが認める美少女というやつだ。常に無表情なのであまり目立つタイプではないが、顔立ちは抜群に整っている。そんな彼女のからかいを適当にあしらわなければならない俺の身にもなって欲しいものだ。

とにもかくにも。

「で……プールだったか？　何でいきなりそんな話が出てきたんだよ」

『急じゃない……だって、今は夏だから』

「そりゃ夏だけどさ。……まさかとは思うけど、邪な目的じゃないだろうな？　可愛い女子の水着姿でも漁ってやろう、みたいな」

『む……心外。それは、ついで……サブクエスト』

「……ついでではやるのかよ」

『？　当然……目の、保養。眺めるだけで、体力回復……やらない理由が、ない』

普段から〝可愛い女子〟が大好きだと明言している美少女フリークこと皆実が何でもないような口調で俺の突っ込みを肯定する。

その上で、彼女は静かな〝熱〟を感じさせる声音で続けた。

『でも、メインの目的は違う……あなたを、倒すこと』

「俺を？」

『そう。風の噂で、ストーカーさんは泳ぐのがあんまり得意じゃないって聞いた……つまり、弱点。ストーカーさんに勝つ、大チャンス……だから、勝負して？』

「……なるほど」

ようやく誘いの意図を察して一つ頷く俺。

いつかの《決闘》で俺と彩園寺に敗北してから、６ツ星ランカー皆実雫は明らかに闘争本能を剝き出しにしている。こう見えて負けず嫌いな彼女のことだから、俺の苦手分野で戦うというのは当然ながら選択肢に入ってくるやり方だろう。

「ちなみに……それは《決闘》として、ってことでいいのか？」

『ん……そうじゃない。だって、絶対わたしが勝つから……ストーカーさんが７ツ星から転落したら、可哀想。今回は、何も賭けなくていい……敗北感だけ、プレゼント』

「……へえ？　もう勝ったつもりでいるのかよ、皆実。そんなに運動神経が良いタイプには見えなかったけどな」

『ふ……わたしは、能ある鷹だから。勝負は、明日……十四番区の駅で、待ち合わせ。ドタキャン、禁止……来なかったら、わたしの不戦勝』

それじゃ、とだけ言い残して早々に通話を終えてしまう皆実。

「……えっと……」

無音になった端末を見つめながら、俺はゆっくりと右手を口元へ持っていく。……皆実雫と二人きりでプール。俺の弱点である泳ぎで勝負をしたいとのことらしいが、別に《決闘》の類ではないのだという。ただ単に、二人でプールを楽しむだけ。

「それは、普通にデートなんじゃ……？」

無為な思考に囚われた俺は、その後しばらく寝つけなかった。

——翌日。

学園島十四番区、公営プール。

聖ロザリア女学院の学長名義で運営されているこのプールは、十四番区に籍を持つ人間あるいはその同伴者しか立ち入ることができないらしい。そして件の聖ロザリアは、学園島内ではやや珍しい女子校だ。故にこそ、十四番区の男女比は——特にプールへ遊びに来るような若い年代に関しては——圧倒的に女子が多い、ということになる。

「ん……」

そんなアウェーな環境で、俺は一人皆実を待っていた。

（遅いな、あいつ……）

女子更衣室の出口にちらりと視線を遣ってから、もう何度目かも分からない溜め息を吐く俺。……いや、まあ。駅前で落ち合った俺と皆実が揃ってプールに到着して、先に着替えを終えた俺がプールサイドに出てからの経過時間はまだ数分といったところだろう。必要以上に待たされているというわけじゃないのだが、とはいえ周りはほとんど女子。気のせいなのか何なのか常に全方位から視線を感じて、そこはかとなく居心地が悪い。

俺がそんなことを考えた、瞬間だった。

「……ストーカーさん、待った？」


不意に横合いから投げ掛けられた気怠げな声。

それに釣られて上半身を捻ると、そこには待ち侘びていた一人の少女が立っていた。十四番区聖ロザリアのエース、皆実雫——青のショートヘアと眠たげな瞳が特徴的な高ランカー。彼女が纏っているのは、いわゆるスクール水着というやつだ。紺一色で構成されたシンプルで機能的な水着。ビキニなんかに比べれば露出は少ない方だが、それでも真っ白な腕やら太ももやらについつい視線が吸い寄せられてしまう。

「…………」

「……む」

俺が言葉に詰まっていると、やがて水着姿の皆実がじとっとした目を向けてきた。

「ストーカーさんは、気が利かない……女の子が着替えてきたんだから、一言くらい褒めるべき。それが水着なら、褒めないだけで大減点……落第、待ったなし」

「あ、ああ……えっと、似合ってると思うぞ。……でも、何でスクール水着なんだ？」

「？　それは、当然の配慮……ただでさえ可愛いわたしがセクシーな水着を選んだら、ストーカーさんは鼻血で出血多量。１１９番で、病院送り……だから、自制した」

「とことん要らない配慮だな。それに、スクール水着はスクール水着でめちゃくちゃフェチっぽいっていうか何ていうか……」

「！　……その発想は、盲点。ストーカーさんの変態性を、甘く見てた……わたしの、失態。無理やり手を出されても、文句は言えない……」

　両手で自分の身体（からだ）を抱き締めつつ、じり……と一歩だけ俺から距離を取る皆実（みなみ）。口調は普段と変わらない冗談めかしたようなそれだが、耳の辺りが微（かす）かに赤くなっているところを見る限り、おそらく何割かは本気で照れているんだろう。そんな反応に感化されてこちらも顔が熱くなっているのを自覚しながら、俺は小さく首を横に振る。

「ま、まあ、そんなのは別にどうでもいいんだけど……勝負、するんだろ？」

　――そう。

　あまりにも緊張感がないためもはや忘れそうになっていたが……俺と彼女がこうしてプールを訪れている理由は、他でもない。俺が〝泳ぎ〟を不得手としていることを知った皆実が、まさしくその項目で勝負を吹っ掛けてきたからだ。星を賭けない〝プライドだけの勝負〟ではあるようだが、そうは言っても篠原緋呂斗（おれ）は学園島（アカデミー）最強の7ツ星。プライドだけの対決なんて、何なら通常の《決闘（ゲーム）》と同じくらいに負けられない。

（そのために、家のめちゃくちゃデカい風呂で泳ぎの練習をしてきたんだからな……！）

　今朝の特訓を思い返しつつ、俺は手近なプール――いわゆる〝流れるプール〟というや

つだ——に足を踏み入れることにした。ちゃぷん、と清涼感溢れる音と共に、俺の足首から下をひんやりとした心地良い感触が丸ごと覆う。そのまま肩の辺りまで水に浸かった俺は、水流に身体を持っていかれないよう近くのポールに手を伸ばした。

そうして、プールサイドに立つ皆実へ問い掛ける。

「で、種目はどうする？　ここを一周する速さで競ってもいいし、向こうの競泳用プールに移動してもいい。何なら潜水対決とかでもいいぞ、どうせ俺が勝つからな」

「ん……」

軽い挑発を交えた俺の言葉を受け、スク水姿の皆実は曖昧な返事を口にしながらゆっくりこちらへ近付いてきた。そうしてプールの縁にあたる部分で足を止めた彼女は、不意にその場でちょこんとしゃがみ込むと、何やら子供っぽい仕草でちゃぷちゃぷと水に手を突っ込み始める。その様はやたらと可愛らしいが……そうではなくて、

「……何してるんだ、お前？」

「？　見ての通り、水と戯れてる……泳ぐには、それが大事。まずは、何よりも水と仲良くなること……水属性の、鉄則」

「深いようで浅いこと言ってるな……」

「ん。それは、仕方ない……だってわたし、泳いだことないから」

「——は？」

意味の分からない、いや意味は分かるが理解できない補足を聞いて、思わず呆けた声を零す俺。……泳いだことがない？　皆実が？

「いや、いやいやいや……じゃあお前、何で俺に水泳で勝負を挑んできたんだよ？　今日の前提が崩れちまうだろうが」

「そんなことは、ない……だって、ストーカーさんはすぐマスターしたって聞いた。それなら、わたしにもできるはず……自明の、理」

「自信家すぎる……」

「謙遜しないだけ。……でも、意外に難しそう……むむ」

足裏をぴとっと水面に触れさせながら相変わらずの無表情でそんな言葉を零す皆実。彼女はしばらく無言で思案しているようだったが、やがて微かに小首を傾げると、流れるプールの中にいる俺に向かってぐいっと両手を伸ばしてくる。

そうして一言。

「だから……教えて？」

「え」

「わたしに、泳ぎ方を教えて欲しい……だって、このままじゃ不公平。ストーカーさんはちゃんと泳げるのに、わたしは泳げない……つまり、ストーカーさんにはわたしに泳ぎを教える義務があるということ。……違う？」

淡々とした口調で無茶苦茶な理屈を重ねながら〝早くして？〟とばかりに青の瞳で真っ直ぐ俺を見つめてくる皆実雫。そんな皆実の両手を恐る恐る掴んでみると、彼女は満足げにこくんと一つ頷いて、そのまま勢いよくプールへと飛び込んでくる。ざっぱぁんと派手な波が立つのと同時、俺の腕の中に柔らかな感触が収まって。

「ふ……着水、成功。…………って、ひぁっ!?」

得意げな表情で呟いた刹那、俺に抱き留められていることに気付いて顔を真っ赤にする皆実。彼女は俺を突き飛ばすようにぐいっと両手を伸ばしつつ、それでも流されないよう必死で俺の腕に縋り付く——という器用な真似をしながらジト目を向けてくる。

そうして、どこか拗ねたような声音と表情でポツリと一言。

「今のは……ちょっとだけ、恥ずかしかった」

「っ——!?」

皆実らしくないその発言に思わず心臓が跳ねてしまったのは言うまでもない。

桜花の《女帝》に猫耳が付いてしまった件

liar liar

「……にゃ、にゃあ」

それは、猫だった。

いや、正確に言えば猫ではなく猫耳だ。さらに状況を限定するなら、猫耳を付けた彩園寺更紗だと言い切ってしまってもいい。学園島創始者の血筋を引く超絶ＶＩＰにして常勝無敗の《女帝》でもある少女が、俺の目の前で恥ずかしそうに頬を紅潮させながらにゃーにゃーと喉を鳴らしている。

（ど、どうしてこんなことに……っ!?）

疑問の答えは、今から数時間前に遡る——。

八月中旬。夏休みも終盤に差し掛かったある日のこと、俺は自宅のリビングで彩園寺と顔を突き合わせていた。
彩園寺更紗——本名を〝朱羽莉奈〟という豪奢な赤髪の偽お嬢様。とんでもない嘘を抱える《女帝》であり、偽りの7ツ星である俺とは共犯関係にある少女だ。いつも着ている変装用のパーカーを脱いですっかりラフな格好になった彼女は、何ともリラックスした表情でゆったりと頬杖を突いている。

「はぁ……やっぱり長期休暇は楽でいいわね。先週までは《SFIA》があったから色々バタバタしていたけれど、後半は特に行事もないもの」

「ま、確かにな」

小さく頷いて同意する。俺も彩園寺も、内容こそ違うものの互いに〝バレたら社会的に死亡する〟レベルの嘘をつき続けている身だ。故に、他人の視線を全く気にしなくていい時間というのはとんでもなく貴重に感じられる。

「ただ、俺はイベント戦のハイライトなんかで自分の行動とか作戦が考察されてるのを見たりすると、それだけでめちゃくちゃ精神削られるけど……」

「篠原の場合はそうかもね。でもほら、あたしは更紗の立場を偽ってるだけでちゃんと優秀なプレイヤーだもの。いくら考察されても問題ないわ」

「……何でこのドヤ顔でお嬢様じゃないってバレないんだよ、マジで」

ふふん、と得意げな顔をする彩園寺に思わず愚痴と嘆息が零れてしまうが、事実として彼女は一年以上も〝彩園寺家のお嬢様〟として人目に晒され続けている。それでも未だにバレていないのだから、やはり相当な我慢を重ねているのだろう。

と、そこへ。

「――お届け物です、ご主人様」

後ろから、不意に涼やかな声が投げ掛けられた。振り返らなくても分かるがあえて上半身を捻ってみれば、そこにいたのはメイド服を纏う白銀の髪の少女・姫路白雪だ。少し前から姿が見えないと思っていたが、どうやら荷物の受け取りに出ていてくれたらしい。

「でも……宅配便？　姫路って、通販とかあんまり使わないよな」

「そうですね。ご主人様及び《カンパニー》の拠点でもあるこの家に無関係の方を招き入れるのは多少なりともリスクがありますので。ですが、今回は少し特別です」

囁くように言いながら、姫路は手に持っていた荷物をテーブルの上にとんっと優しく乗せてみせた。それは、端的に言えば段ボール箱だ。大きさはせいぜいホールケーキ程度のもので、音を聞く限り重量も大したことはないように思える。特に包装がされているわけでもない無骨な箱を、姫路が両手で丁寧に開けていく。

結果、箱の中から姿を現したのは――

「え……猫耳？」

――そう。

小さな段ボール箱に入っていたのは、誰がどう見ても〝猫耳〟だった。構造としてはカチューシャタイプというやつで、頭に乗せるだけで誰でも猫耳属性になれる優れもの。見れば、オプションとしてふさふさの尻尾なんかも入っているらしい。

それらを一通り確認した彩園寺がさっと顔を青褪めさせた。

「猫耳……尻尾……コスプレ。ま、まさか篠原、ユキにそういうことさせてるのっ⁉」

「っ……は、はあ⁉　違えよ、そんなわけないだろ⁉」

「いきなりボロを出したわね！　あたしはまだ何も具体的な話なんかしてないわ。なのに否定したんだから、あんたは〝そういうこと〟が何なのか分かってる……つまり、後ろめたいことがあるって認めてるも同然じゃない！」

「匂わせ方が露骨なだけだ！」

猫耳カチューシャと尻尾のオプションを見て〝そういうこと〟を想像してしまったのは確かだが、断じて俺が買ったわけじゃない。

そんな俺たちのやり取りを一通り眺めてから、傍らの姫路がさらりと髪を揺らした。

「そうですね、こちらは欲に溺れたご主人様が密かに購入したものではありません」

「だよな？　って……じゃあこれ、姫路が買ったのか？」

「いえ、それも違います。……実は、ですね」

そう言って、姫路が箱の中から取り出してみせたのは一枚の薄っぺらい紙だ。諸々の情報が書き連ねられており、最上部には〝取扱説明書〟の文字が躍っている。

「こちらの猫耳は《カンパニー》の加賀谷さんが作ってくれたものなのです。何でも、最新式の特別な〝改造〟を施しているんだとか」

「ふぅん、そうなの？　よくある普通の猫耳に見えるけれど……」

半信半疑といった口調で呟きながら改めて猫耳カチューシャを手に取る彩園寺。彼女は興味深げに猫耳の部分を指先でモフモフしたり伸ばしてみたりしていたが、やがてそのカチューシャをちょこんと頭に乗せてみせる。

「こんな感じかしら。どう、篠原？　遠慮なく褒めていいわよ」

「…………」

ふふん、と得意げな表情でこちらを覗き込んでくる彩園寺に対し、俺はしばし答えを躊躇する。……似合うかどうかで言えば、正直めちゃくちゃ似合っている。というか、普段から〝犬猿の仲〟を演じているため距離感がやや難しいだけで、彩園寺更紗という少女は本来とんでもなく可愛いんだ。そんな彼女が〝猫耳〟なんていうド直球のあざといアイテムを装着してしまったら、速攻で何らかのメーターが振り切れるに決まっている。

とはいえ、そこまで乱された感情を易々と表に出すような俺ではない。

「まあ、悪くはないんじゃないか？　及第点ってところだな」

「む……何よそれ、篠原のくせに偉そうな評価ね。せっかく付けてあげたのに」

不満げに唇を尖らせながらそんな文句を言う彩園寺。ただ、そこまで猫耳に執着があるわけでもないらしく、髪を掻き上げるようにしてカチューシャを外そうとする――が、

「……あれ？」

両手を頭の辺りまで持ち上げていた彩園寺が、その場でピタリと硬直した。

「え、ちょ……何これ、全然外れないのだけれど。どうなってるのかしら？」

「外れないって……髪に絡まっちまってるんじゃないか？」

「いえ。そうじゃなくて、ちっとも動かないっていうか……」

戸惑ったように言葉を紡ぐ彩園寺。それに対し、少し前から取扱説明書に視線を落としていた姫路が白銀の髪をさらりと揺らしながら小さく顔を持ち上げる。

「なるほど、そういうことですか……分かりました、リナ。加賀谷さんが同封してくれていた説明書によれば、そのカチューシャは〝呪いの猫耳〟――誰かをドキドキさせないと外すことができない曰く付きのアイテム、だそうです」

「!? な、何よそのアバウトな呪い！」

「ご安心ください。具体的には、10メートル以内に存在する他者（ただし激しい運動をしていない相手に限る）の心拍数が150以上に到達すれば解除可能、だそうです。ちなみに、距離や心拍数については端末機能で自動判定される、と」

「っ……ふ、ふぅん？　急に厳密な指定が入ってきたじゃない」

微かに声を震わせながらそんなことを言う彩園寺（猫耳）。

彼女が動揺するのも無理はない――だって、説明書の内容を信じるなら、俺か姫路のどちらかが彩園寺に対して〝ドキドキ〟しない限り彼女の猫耳は決して外れない、ということだ。猫耳なんて生えていたら変装用のフードも上手く被れないわけで、最悪ここから帰ることすらできなくなる。文字通り〝曰く付き〟のアイテムだ。

「う……で、でも、考えてみれば簡単な条件じゃない。このあたしが猫耳カチューシャを付けてあげてるんだから、篠原の心拍数なんてとっくに200か300くらいになってるはずだわ。150なんて楽勝ね。……でしょ？」

「あ、あー……いや、悪い。なんか、そろそろ見慣れてきたっていうか……」

「何で慣れるのよバカ篠原！　ね、猫耳よ!?　ぴょこぴょこしてるのよ!?」

ずいっと身を乗り出すようにしてこちらへ顔を近付けてくる彩園寺。……ただ、それでも〝猫耳化〟が解除されないのを見て何らかの覚悟を決めたらしい。端々から気恥ずかしさを感じさせるような所作と共に、彼女は両手を顔の辺りまで持ち上げる。

そうして、一言。

「にゃ……にゃん」

「！　え、いや、えっと……今なんて？」

「にゃんって言ったのよ！　わ、分からないわけないじゃないっ！」

俺の問いを受け、目の前の彩園寺がかぁっと顔を赤らめる——要するに鳴き声攻撃、というわけだ。さっきからめちゃくちゃ可愛いし俺も思いきり動揺しているのだが、彩園寺の方が照れまくっているため逆に冷静になってしまっているのか、いつまで経っても猫耳カチューシャは外れない。感覚的には心音もかなり激しくなっているのに、だ。

そんな泥沼状態に突入してから、ある程度の時間が経った頃。

「……決めたわ」

しばらく視線を伏せて考え込んでいた彩園寺（猫耳）が、不意に赤の長髪を揺らして真剣に顔を持ち上げた。そうして彼女は、紅玉の瞳で俺の目を覗き込んでくる。

「ねえ、篠原。もう単刀直入に訊くわ——あんたは、あたしに何をされるのが一番ドキドキするかしら？　教えて欲しい……にゃ」

「——は？」

「ち、違うから！　別に、あんたに喜ばれたいとかそういう話じゃないわ。ただ、このまじゃいつまで経っても解決しないから仕方なく訊いてあげてるの。……あたしにして欲しいこと、何かある？　できれば、とびきりドキドキするやつがいいわ」

（っ……な、何だよそれ⁉）

顔を真っ赤にした彩園寺の言葉にいよいよ動揺を隠せなくなる俺。彼女にしてもらいたいこと……それも、とびきりドキドキするやつ。そんなことを言われてしまったら、さすがに妄想が止められなくなって——と、

「……あ」

彩園寺の頭から猫耳カチューシャが外れたのは、奇しくもその瞬間だった。

「心拍数172——クリア、ですね」

涼やかな姫路の呟きが鼓膜を撫でる。……どうやら、妙な空気に中てられていつの間に

か心拍数が跳ね上がっていたようだ。それを知って顔を赤くする俺の目の前では、同じく真っ赤になった彩園寺がそれでもどうにか得意げな表情を浮かべている。

「ふ、ふふん。これで証明されたわね、篠原があたしの可愛さに興奮してることが！」

「ち……違うだろ。今のはアレだ、ちょっと動揺しただけだって」

「あら、それをドキドキしたっていうんじゃない。っていうか、そもそも――」

「――あの。少しよろしいでしょうか、お二人とも？」

そこで、俺たちの会話を遮るような形で声を上げたのは他でもない姫路白雪だった。彼女は例の取扱説明書をこちらへ向けると、悪戯っぽく口元を緩めて言葉を継ぐ。

「ネタばらしです。実は、先ほどまでのお話は全て〝嘘〟でして――こちらの猫耳カチューシャに面倒な呪いなどは付与されておりません。単に、わたしが端末からスイッチを操作することで付け外しが可能になる……というだけのものでした」

「「え」」

「ふふっ。可愛いお姿とおねだりをありがとうございます、リナ。恥ずかしがるご主人様も見ることができて一石二鳥です――今回は、わたしの勝ちですね」

言って、白銀の髪をさらりと揺らしてみせる姫路。

偽りの7ツ星と元7ツ星の二人を同時に欺く、実に鮮やかな手腕だった。

書き下ろし短編　着ぐるみデートな学園祭

liar liar

＃

とある秋の日。

例年通りの厳しい残暑でまだまだ高い気温が続いている頃。

俺と姫路は、二人して学園祭へ遊びに来ていた——それも、ホームグラウンドである英明(えいめい)学園のそれではない。学園島(アカデミー)は計二十一の〝学区〟に分かれており、校風も文化も行事もそれぞれ違う。中でも今日は、三番区桜花(おうか)学園の学園祭当日だった。

「何というか……物凄(ものすご)い熱気ですね、来客側も迎える側も」

プロジェクションマッピング的な何かで豪華に飾り立てられた校門を潜(くぐ)った直後、隣を歩く姫路が感心したような声音でそんな言葉を口にする。

彼女の言う通りだった。まだ入り口を抜けたばかりだが、それでもすぐに理解できるくらい力の入れ具合が凄(すさ)まじい。基本(ベース)はいわゆる高校の文化祭という雰囲気なのだが、たとえば空には何台ものドローンが飛び交って看板代わりの光の幕を下ろしているし、入場時に提供されたアプリでは各ブースの紹介やら3D仕様の地図なんかが確認できるようになっているし、何より来場者の数が半端じゃない。夢の国もかくやという盛況ぶりだ。

「ま、確かにな」

そんな人混みを遠巻きに眺めながら、俺も姫路の言葉に同意する。

「さすがは去年の学校ランキング一位って感じだ。人にも資金にも余裕があるってことなんだろうけど、この手の学校行事にもちゃんと力が入ってる」

「そうですね。英明学園も派手にやる方ですが、どちらかと言えば余興……《決闘》関連のイベントに全力を注ぐ傾向にありますので。一般的に想像される〝学園祭〟という意味では桜花を凌ぐ学区などそうそうないかもしれません」

「だな……って、そういや姫路は元桜花所属だったよな?」

「はい。イベントの類にはあまり参加していませんが、ご案内くらいはできるかと」

こくり、と一つ頷きながら涼やかな声音でそんなことを言う姫路。

普段から〝偽りの7ツ星〟である俺の専属メイドをしてくれている彼女だが、今日は訪問先が三番区——彼女の古巣とはいえ他学区の学園祭ということもあり、メイド服でも私服でもなく英明学園の制服姿だ。俺も姫路も立場上どうしても注目を集めがちなので、単に遊びに来ただけでもそれなりにオフィシャルな体裁を守る必要がある。

と、まあとにもかくにも。

「ええと……」

そこで姫路が取り出したのは自身の端末、アクセスしたのは例の〝学園祭アプリ〟とでも言うべき代物だ。学園祭の実行委員が張り切っていたのか代々受け継がれているものなのかは知らないが、使い勝手は学園島の公式アプリに比肩する。大ホールでやっているライブやら公演やらの詳細やタイムテーブルまで一覧で確認できるようだ。

「――へえ？　ミスコンなんてのもやってるのか」

「はい。……やはり気になりますか、ご主人様？」

む、とほんの少しだけ唇を尖らせながら碧の瞳でこちらを覗き込んでくる姫路。微かに頬を膨らませているようにも見える彼女は澄み切った声音で続ける。

「無理もありません。桜花学園を代表する可愛らしい方々で目の保養をすることができますし……残念ながら、高校生の健全なイベントなので水着審査はありませんが」

「え。や、その、そうじゃなくて……彩園寺だよ、彩園寺」

ジト目を向けられながら言い訳めいた口調で返す。

そう――三番区桜花と言えば、やはり何を措いても6ツ星の《女帝》彩園寺更紗が在籍していることで名を馳せている学園だ。衝突事故みたいな《決闘》で俺に〝赤の星〟を奪われてしまうまで一度も負けたことがなかった常勝無敗の高ランカー。当の俺からしてみれば、爆弾級の〝嘘〟を互いに抱える共犯者でもある。

そしてまあ、何というか……彩園寺更紗という少女はそもそも抜群に可愛い。

「桜花の一位を決める人気投票ならあいつも出るんじゃないか、って思っただけだ」

「……なるほど。つまりご主人様は、三番区桜花学園の中で更紗様が誰よりも断トツで可愛らしいと。《女帝》万歳と、そういうお話をしているのですね？」

「そこまでは言ってないけど……」

「いえ、実はその通りなのですご主人様。桜花学園は学園祭の度に毎年ミスコンを開催していますが、昨年度のグランプリが更紗様……というわけで、いわゆる〝殿堂入り〟枠に入っているのです。今年は出場権自体がないはずですね」

くすっと笑ってそんなことを言ってくる姫路。……昨年グランプリで殿堂入り済み。さすがというか何というか、やはりあの《女帝》様は色々と規格外だ。姫路が出ていたらどうなっていたか見てみたかった気持ちはあるが、まあそんなことを言っても仕方ない。

ミスコンの話題が一段落した辺りで、俺は再び端末の画面に視線を落とす。

「演劇とかダンスとか、タイムテーブルが決まってるやつもあるみたいだけど……普通に教室とか校庭の出店を回ってるだけでも日が暮れちまいそうだな。作戦ばっかり立ててても仕方ないし、まずは適当にぶらぶら歩いてみるか」

「そうですね、ご主人様。では……」

言いながら端末を閉じた姫路は、白銀の髪を揺らしながらぐるりと辺りを見渡してみせる。校庭に並ぶいくつもの出店。夏祭りめいた飲食店が並んでいるコーナーらしく、チョコバナナやら焼きそばといった馴染みのあるメニューが無数に目に入る。

「……む」

そして——そんな中、姫路が足を止めたのは一軒の出店の前だった。科学部とやらが出しているらしい模擬店。看板の辺りには、端末の拡張現実機能をフル活用したサイケデリックな字体で〝全宇宙綿あめ〟と表示されている。

「ご主人様。見えますか、ご主人様」

それに心を奪われた姫路が、囁くように繰り返しながらくいくいと袖を引いてくる。

「七色に光る綿あめ……だそうです。ＳＮＳなどで見たことはありますが、想像していたよりも遥かに虹色だと思いませんか？」

「確かに……」

原宿かどこかで〝レインボー綿あめ〟なる流行りがあったことは俺も何となく知っているが、そういうレベルの話ではない。だって、綿あめの表面を彩る色や模様が不規則に変わりまくっているんだ。虹色どころではない無数の色と模様で飾られている。

メニューの脇に刻まれていた注意書きによれば、

「——『この綿あめは桜花祭の期間中に、必ず学園敷地内（屋外に限る）でお食べください』か。詳しい仕組みは知らないけど、もしかしたら空を飛んでるドローンで着色してるのかもな。だからこんな不思議な色になる……とか」

「なるほど、そういう仕組みでしたか。となると、味の方も気になるところですが……？」

ちら、と何か言いたげな瞳を向けてくる姫路。

そんな彼女に苦笑を浮かべつつ、俺は一つ頷きを返すことにする。

「だな。じゃあ、早速食ってみるか」

「！　……いいのですか、ご主人様？」

「そりゃまあ、せっかく遊びに来てるんだし。ここでスルーする方がもったいないだろ」

言いながら端末を取り出して、屋台の店頭に立っていた桜花の生徒に例の〝全宇宙綿あめ〟を二つ注文する。突然の７ツ星の来訪に仰天される——という定番のイベントを挟みつつ、出来上がった綿あめを受け取って片方を姫路に差し出すことにする。

「はいこれ」

「ありがとうございます、ご主人様。……サンプルよりも大きいのですね？」

「ちょっとサービスしてくれたみたいだ。こいつがあれば注目を躱せるようになるかもな」

顔よりも遥かに大きい綿あめを手に冗談めかしてそんなことを言う俺。それを受けた姫路は「確かにそうかもしれません」と綿あめに隠れるポーズをしてみせてから、珍しく白手袋を付けていない綺麗な指先で当の綿あめ——ただ大きいだけじゃなく今も虹色に光り輝いている——を千切り、そいつを自身の口元へ運ぶ。

「はむ、ぁむ………こ、これは！」

「……これは？」

「美味しいです、とても。見た目だけに注力しているのではと疑ってしまいましたが、味の方も一級品ですね。甘さも口溶けも柔らかくてとても上品な感じがします」

「そっか、なら良かった」

姫路の称賛に口元を緩めながら、俺も手に持った綿あめに直接かぶりつく。……確かに美味い。おそらく、砂糖だけじゃなくジュースだか飴だかの甘味を混ぜて作っているのだろう。見た目だけでなく味も七色、というこだわりがあるのかもしれない。

「～～～♪」

何はともあれ、姫路はその後も幸せそうな顔で虹色の綿あめを味わい続け。

それが宣伝効果となって〝全宇宙綿あめ〟が爆売れしたというのは後で聞いた話だ。

＃

七色に光る綿あめを楽しんだ後、俺と姫路は校舎内の出し物へと足を運んだ。

内容としては本当に様々だ。学園祭の定番であるお化け屋敷にはもちろん行ったし、落語部やお笑い研究会、映画撮影同好会の上映にも時間を合わせて参加してみた。どこも飲食の持ち込みが可となっていたため、一つだけ辛いロシアンたこ焼きやらＶＲメイドカフェ（テイクアウト限定）の激甘ミルクティーをお供にしてみたりもした。

そんな風に朝っぱらから学園祭を堪能して、実に三時間弱が経過した頃のこと。

「――ん？」

再び校庭へと繰り出していた俺と姫路は、人混みの中にやや異質な集団を発見して足を止めた。……いや。異質と言っても、それは〝不審〟というニュアンスではない。一言で表現するならテレビ番組の撮影クルーのような一行だ。カメラを構えてお揃いのスタッフジャンパーを羽織った生徒――おそらく《ライブラ》のメンバーだろう――が数人と、その中にこちらは撮影対象なのであろう二人の人間がいる。

まず一人は他でもない、桜花の《女帝》こと彩園寺更紗だ。豪奢な赤の長髪と意思の強い紅玉の瞳が特徴的な少女。彩園寺家の長女、すなわち学園島きってのVIPということで、特に人目のあるところでは溢れ出るオーラのようなモノをビシビシと感じる。

ただ今日に限って言えば、気になるのはもう一人（?）の方だ。

「何だあれ……ウサギ？　いや、クマか？」

――そう。

彩園寺と一緒に《ライブラ》メンバーに囲まれていたのは、ウサギともクマともつかないぬいぐるみ――もとい、着ぐるみのような物体だった。遊園地やテーマパークで見かけるような、やけに頭が大きくて可愛らしいアレだ。

「？　ご存じなかったのですか、ご主人様？」

俺が首を傾げていると、隣の姫路がこちらを見上げてそんな言葉を口にする。

「あの方の名前は『サクラちゃん』……桜花学園のマスコットキャラクターのようなもの

です。ご主人様の見立て通り、ウサギとクマをモチーフにしているんだとか」

「へえ……そんなやつがいたのか」

「はい。他校の生徒からすればこういった機会でもない限り目にすることはないかと思いますが、桜花学園内では割と頻繁に使われているんですよ？　プリントの端に載っていたり、何ならＳＮＳ用のスタンプが販売されていたりもします」

「商魂逞しいな、おい」

用途を聞いて苦笑する。……が、まあ確かに、言われてみればデザイン的にも可愛らしい。それなりに人気があるというのも頷ける。

と――

「……あ」

俺がそこまで思考を巡らせた瞬間、視線の先の彩園寺がたまたま偶然こちらを見て、明確に「あ」と声を上げた。おそらく意外な場所で俺と姫路を見つけて思わず反応してしまったのだろう――それを受けて、周りの《ライブラ》撮影班も俺たちに視線を寄越す。

刹那、中でもやけに見覚えのある少女がキラーンと目を輝かせた。

「にゃ！　もしかして、そこにいるのは篠原くんと白雪ちゃんにゃ!?　何たる偶然、何たる幸運！　一瞬、一瞬だけ映ってくれないかにゃ!?」

すたたたっ、とこちらへ駆け寄るなり〝撮影交渉〟をしてくる少女――風見鈴蘭。

彼女は学園島公認組織《ライブラ》の中でもとびきりの人気を誇るアイドルレポーターだ。ボーイッシュな帽子と外ハネの髪、それから肩の辺りに巻き付けた〝敏腕記者！〟の腕章。学園祭当日だというのに《ライブラ》の仕事に精を出しているらしい。

常にハイテンションな風見に少しばかり気圧されながら答える。

「映るのはいいけど……何を撮ってるんだ、これ？」

「桜花祭のイメージビデオにゃ！」

しゅばっ、とカメラを構えて元気よく答える風見。

「学園祭に来たくても来れなかった人のために、色んな模擬店の紹介映像を作って記事にするにゃ！　篠原くんたちが映ってくれたら注目度アップ間違いなしにゃ！」

「こっちも商魂か……でも、だったらその着ぐるみと彩園寺は何なんだよ？」

「にゃふふ……実は、今年のテーマは〝更紗ちゃんとの桜花祭デート〟ってことにしようと思ってるのにゃ。単なる紹介ムービーには興味ないって人も、これなら見たくなること間違いなし！　ちなみにサクラちゃんに来てもらってるのは、相手が男の子だと嫉妬に狂う人が続出するからにゃ！　炎上対策はばっちり、なのにゃ！」

「ああ、なるほど」

えっへん、と胸を張る風見に対し、俺は得心して一つ頷く。……言われてみれば、一般に学園祭の紹介記事というだけではそこまで引きがある内容じゃないかもしれない。だがあの彩園寺がフル尺で出てくるとなれば、読者数は一気に激増することだろう。

俺がどうとは言わないが。

「あら。……勘違いかしら？　何か失礼なことを考えられているような気がするわ」

——と、そこへ。

風見を追い掛けるようにして俺の方へ近付いてきたのは彩園寺更紗、および例の着ぐるみだった。やけに時間差があったが、おそらく着ぐるみの歩行ペースに合わせているためだろう。件の着ぐるみは当然ながら喋らないが、代わりに（？）彩園寺が豪奢な赤の長髪をさらりと揺らしつつ右手をそっと腰へ遣って続ける。

「貴方たちも来てたのね。どう、桜花祭は？」

「おかげさまで楽しんでるよ。そっちは仕事か？　祭りの日だってのに大変だな」

「ええそうね。貴方が可愛いメイドさんとの楽しい楽しいデートを満喫している間も休まず働かなきゃいけないんだから、桜花の《女帝》っていうのも損な立場だわ」

「お褒めいただきありがとうございます、更紗様。わたしの幸福度がさらに上昇しました」

「そう？　それなら良かっ——じゃ、なくて！　今のは嫌味なんだから！」

「はいはい、分かってるよお嬢様」

真顔で返した姫路に一瞬だけ素に戻りかける彩園寺だが、慌てて《女帝》の皮を被り直しつつビシッと人差し指を俺に向けて文句を言ってくる。それに肩を竦めて適当な相槌を打ってみせながら、俺はちらりと隣の着ぐるみに視線を遣った。

「けど……そっちだって〝デート中〟なんだろ？　損ってことないと思うけどな」

「……ん、まあね。確かに、篠原の隣を歩いているよりはよっぽどマシかもしれないわ」

「着ぐるみと比べるなよ。……っていうか」

そこで一旦言葉を切って、着ぐるみの〝観察〟を始める俺。

この手の着ぐるみの平均身長というのはよく分からないが……少なくとも、頭頂部の位置は隣に立つ彩園寺より遥かに高い。軽く180センチはあるだろう。もちろん着ぐるみ自体の厚みもそれなりにあるわけで、本当はもっと低いのだろうが。

それでも、

（あの着ぐるみ、中に入ってるのって……）

「……ふふっ」

俺がそんな思考を巡らせ始めた瞬間、目の前の彩園寺がからかうような表情でくすっと笑みを浮かべてみせた。そうして微かに前傾姿勢になって煽るような上目遣いをかます彼女は、口元を緩めながらやけに嬉しそうな声音で続ける。

「どうしたの、篠原？　この子の中身がそんなに気になるのかしら？」

「っ……そりゃまあ、誰が入ってるんだろうなくらいは思ったけど」

「本当にそれだけ？　もしかして男の子が入ってるんじゃないか、って疑わなかった？」

「……何でそんなこと疑わなきゃいけないんだよ」

「決まってるじゃない。篠原のことだから、私とデートできるこの子にすっかり嫉妬しちゃったのかと思ったのだけれど」

「いやいや……嫉妬どころか、そんな重たい服を着てお前の隣を歩かなきゃいけないそいつに同情しちまっただけだっての」

動揺を悟られないよう首を振りつつ、意識的に不遜な言葉を返す俺。

それを受けて「む……」と唇を尖らせる彩園寺を横目に、くるりと帽子を半回転させた風見が元気よく口を挟んできた。

「更紗ちゃんと篠原くんの頂上決戦はいつ見ても痺れるけど……拗れちゃったら申し訳ないから一応説明しておくにゃ！　サクラちゃん――こっちの着ぐるみに入ってる子は《女帝》親衛隊所属の女の子！　更紗ちゃんにメロメロなのは確かだけど、残念ながら男の子ではないにゃ！　ついさっき、冒頭カットで〝中の人〟も紹介してるのにゃ！」

「……へえ？　いやまあ、別にどっちでもいいんだけど……」

風見の紹介に合わせて『よ』とでも言いたげに片手を挙げるサクラちゃんを見つつ、俺は小さく首を横に振る。……何となく安心したような気もするが、そんなのは文字通り気のせいというやつだ。着ぐるみの中身が男だろうと女だろうと関係ない。

（でも彩園寺とデートするわけだし、相手が男子だったらやっぱり……いや、だから！）

勝手に暴れる思考を抑えるようにぶんぶんと首を横に振る俺。

と、まあとにもかくにも——

「それじゃあ、私は行くわ。……せっかく来たんだもの、ユキ——大事なメイドさんをしっかり楽しませてあげなさいよ？」

「……言われなくてもそうするっての」

最後にそんな会話を交わして、俺と彩園寺(さいおんじ)の不意の接触(コンタクト)は幕を閉じることとなった。

否——そのはず、だったんだ。

♯

——《ライブラ》の撮影班に囲まれた彩園寺と着ぐるみに遭遇してからしばし。

引き続き姫路(ひめじ)と共に桜花(おうか)祭を巡っていたところ、不意に端末が振動した。

「ん？　……って」

小さく首を傾(かし)げながら画面を覗(のぞ)き込んだ瞬間、俺は思わず目を丸くする——突然の通話着信、その相手は他でもない彩園寺更紗だ。つい三十分ほど前に顔を合わせたばかりの桜花の《女帝》。例の〝ムービー撮影〟とやらはまだまだ終わっていないはずだが。

隣の姫路に視線で断りを入れてから、とりあえず出てみることにする。

「もしもし？　彩園——」

『篠原！　……ごめんなさい、ユキとのデート中だっていうのはもちろん分かっているのだけれど……その、あとできっちり埋め合わせするから！』

「そんなの良いから、一旦落ち着けって。めちゃくちゃ息荒くなってるぞ」

『っ……そうね、ちょっと待ってて』

俺の発言を受けて電話口から顔を離し、何度か深呼吸らしきものをする彩園寺。離れたところからではあるが、微かな呼気が回線を通じて漏れ聞こえてくる。

そして、

『ありがと。……おかげで、ちょっとだけ落ち着いたわ』

十数秒が経過した後、端末の向こうから聞こえてきたのはいつも通りの《女帝》の声だった。落ち着いたというのは本当らしい、が……とはいえ、こんなに慌てて電話をしてきたくらいだ。急用があるというのは間違いないだろう。

「……それで？」

というわけで、俺の方から話を振ってみる。

「どうしたんだよ、彩園寺。こんなタイミングで電話なんて……まだ仕事中だろ？」

『ええ、まさにそのことなのだけど』

そこまで言って、微かに声を潜める彩園寺。

万が一にも誰かに聞かれないように、囁くような声音で彼女は続ける。

『実は……さっきあたしの隣にいた着ぐるみ、覚えてるわよね？』

「？　ああ。確か、サクラちゃんとかいうマスコットだろ」

『そう。その子が……っていうか、その中に入ってた子が急に具合悪くなっちゃって』

「――……、なるほど」

その一言でおおよその事態を把握して、数拍遅れで相槌（あいづち）を打つ俺。

いや――まあ、仕方ないと言えば仕方ないだろう。季節は秋だが、そうは言ってもまだ残暑が厳しい時期。あんな着ぐるみの中が快適な温度に保たれているはずもない。中に入っていたのが屈強な男性ならともかく、風見（かざみ）の話では《女帝》親衛隊所属の女子だという。熱中症ないしそれに類する症状が出ても何ら不思議な話じゃない。

「それで？」

『今はちょっと休憩、ってことで鈴蘭（すずらん）たちには離れてもらっているのだけれど……《ライブラ》はちゃんとした組織だから、もしあの子の体調不良がバレたら〝撮影強行〟って選択肢は絶対に採用されないわ。中の人を変えるか、もしくは完全に頓挫……紹介ムービーの内容自体を大きく変える、っていう判断になるでしょうね』

「まあ、そうだよな。その辺が落としどころな気はする」

『そうね、あたし個人（あたし）としては正直どっちでもいいのだけれど。……着ぐるみの中に入ってた子、普段からすっごく彩園寺更紗を尊敬してくれてるの。自分のせいで撮影が台無しになったなんて知ったら、あとで大泣きされちゃうかもしれないわ』

「ああ……確かに、それはあるかもな」

『そんなことはしたくないの。だから、できれば撮影はこのまま続けたい。見た目上は何も変わらないまま……何の問題もなかったみたいに、ね』

「……要するに、代役を立てるって話か」

『理解が早くて助かるわ』

「ま、それくらいしか方法がないからな。でも、代役が欲しいなら俺じゃなくて《ライブラ》の連中に頼った方が早く見つかるんじゃゃ……」

『早さで言ったらそうかもしれないけど……ダメなのよ、それじゃ』

そこで微かに言い淀む彩園寺。

『あんたも見たと思うけど……サクラちゃんって、結構な大きさなのよ。そもそも女の子が入って動くなんてことをちっとも想定してないの。実際、他のイベントでサクラちゃんが駆り出される時は男の子か先生が〝中の人〟を担当するし』

「……？　じゃあ、何で今回に限って女子だったんだ？」

『炎上対策よ、炎上対策。鈴蘭も言ってたでしょ？　一応あたしとのデートっていう体だから、着ぐるみだろうと相手が男の子だと色々困っちゃうわけ。だからね、その子が選ばれたのも〝身長が高かったから〟なの。１６０センチ台の後半だったから、頑張ればどうにか動けるだろうって。それでも、歩く時には爪先立ちだったみたいだけれど』

「なるほど……だから、今《ライブラ》に相談したら速攻で撮影中止になるか、もしくは知らない男子の入った着ぐるみとデートする羽目になっちまうってわけだ」

『まあ、そうね。平たく言えばそういうこと』

「ん……けど、そうなるとなかなか難しい問題になってくるよな」

思わず右手を口元へ遣ってしまう。

要するに、彩園寺が言っているのはこういうことだ――デート相手である着ぐるみの中の人が倒れてしまい、このままでは撮影が続行できない。撮影自体がおじゃんになったらそいつが自分を責めてしまうため何とか代役を立てたいが、当の着ぐるみの構造上、中の人になるためにはある程度の〝身長〟が要る。

「女子で身長160センチ後半、ってなると結構限られるし……」

『ええ。心当たりがないわけじゃないのだけれど、今ってちょうどミスコンをやっているから……スタイルの良い子なんて、割とそっちに行っちゃっているのよね』

「……タイミング最悪、ってことか」

八方塞がり、とでも言うべき状況に、俺は溜め息と共に小さく肩を落とす。

――ただ。

ただ、俺だってもちろん理解していた――もし本当に八方塞がりなら、全ての退路が断たれているのであれば、あの彩園寺更紗がわざわざ連絡なんかしてくるわけがない。本当に何の手立てもないなら撮影を諦める以外にないんだ。続行する術があると思っているから、彼女はこうして俺にコンタクトを取ってきた。

『……ねえ、篠原』

微かに思い詰めたような声が紡がれる。

『さっきも言ったけれど、サクラちゃんの着ぐるみって基本的には男の人を……175センチくらいの男性が入って動くことを想定して作られているらしいのよね』

「……へえ、175センチか」

『ええ。ちなみに篠原、あんた身長は？』

「俺は――この前の身体測定では、一応175センチだったけど」

『やっぱりそうよね。確かそれくらいだって思っていたの』

ん、と端末の向こうで一つ頷く彩園寺。

それから彼女は、肝心の話題にはあえて触れないまま――とはいえもはや隠そうともせず――先に外堀を埋めるかの如く、立て続けに〝質問〟を繰り出してくる。

『篠原。あんた、暑さには強い方かしら？　熱中症になりやすかったりしない？』

「ん……まあ、弱い方ではないと思うぞ。冷○ピタくらい欲しいけど」

『用意するわ。……それと、仮によ？　仮に、ついさっきまで汗だくの女の子が被っていた着ぐるみに代役で入るとして、変に興奮したりしないかしら？　もしこの質問の返事がイエスなら、残念だけどあたしは今すぐこの電話を切るわ』

「いや、この状況でそんなことしねえよ……」

『本当に？　可愛い子よ？　薄着だったわよ？』

「だからしないっての。代役にしたいのかしたくないのか、どっちなんだよ」

『念のための確認よ。……それと、最後にもう一つ』

少し言い淀んでから、端末の向こうの彩園寺は気弱な声で尋ねてくる。

『篠原たちは、ちゃんと朝からいたのよね？　ユキは……もう桜花祭を楽しんでくれたかしら？　後から埋め合わせられる範囲にいるかしら？』

「ああ、それは――」

「――ご安心ください、リナ」

俺がちらりと隣を向いた瞬間、涼しげな声を挟んできたのは傍らで通話を聞いていた姫路だった。彼女は柔らかな微笑みを浮かべつつ、そっとこちらへ顔を近付ける。

「ご主人様のエスコートは完璧でしたので、わたしはもう随分前から満足しています。とっくに〝堪能した〟と言えるレベルに到達していますので、全く問題ありません」

『そう言ってくれると助かるけれど……』

「はい。……それに、今のお話を聞く限り〝救護班〟は必要かと思います。着ぐるみの中にいるはずの女の子が桜花の保健室などにいたら怪しまれてしまいますので」

『！　で、でも、そんなの……いいの？』

「わざわざ訊かないでください、リナ。こう見えても、わたしはリナの親友ですよ？」

『っ──ありがと、ユキ。心強い親友を持って、あたしはとっても幸運ね』

冗談めかして告げる姫路と、それを受けて安堵したように緊張を緩める彩園寺。

そうして一言、

『それじゃ篠原。ちょっと〝お願い〟があるのだけど──』

＃＃

「──お、あそこにいるの《女帝》じゃね？」

「更紗様だ！　うひゃ～、近くで見るとホント可愛い～！　意味わかんないレベル！」

「ミスコン出てたら二連覇してたかもだよね。髪とかさらっさらだもん」

「ってかアレ何？　撮影？　《女帝》って女優もやってんだっけ」

「桜花祭の紹介ムービーらしいね。《女帝》とサクラちゃんのデート風なんだって」

「へえ……更紗様とデートとか、男子みんな見ちゃうじゃん。いやウチも見るけどね」

「でもあの着ぐるみ、デカくね？　中身誰だろ？　まさか男子だったり……」

「《女帝》親衛隊の子だってさ。もち、女の子。決まってんじゃん」

「良かったぁあああ！　ま、でもそりゃそうだよなぁ。あの《女帝》とデートとか、もし中身が男だったら一瞬で血祭りにされてるって」

「ホントそれ！　もし中身が男だったら、桜花の生徒全員を敵に回しちゃうってば！」

「「………」」

——彩園寺に〝お願い〟を託されてからおよそ二十分後。

桜花学園のマスコットキャラクター〝サクラちゃん〟の着ぐるみに入った俺は、撮影部隊である《ライブラ》のメンバーおよび集まってきた多数のギャラリーに囲まれながら桜花の敷地内をゆっくりと闊歩していた。

これは〝意図してゆっくり歩いている〟わけじゃなく、どちらかと言えば〝どう頑張ってもゆっくりとしか歩けない〟というのが正確な表現だ。例の着ぐるみを装着してみた結果、第一の感想がもちろん〝暑い〟——次いで、第二の感想が〝動きづらい〟だった。視界がかなり狭めにしか確保されていないというのもそうなのだが、重量がそれなりにあるため少し手足を動かすだけでも普段の数倍は体力を持っていかれる。

そんなことを考えた、刹那——

「ねえ……篠原、もうちょっとこっちに寄ってくれる？　歩きにくいわ」

——左耳の鼓膜をそっと撫でたのは、微かな恥ずかしさを含む彩園寺の囁き声。

いや、もちろんこんな着ぐるみを被っているのに普通の小声なんかが俺の耳に届くはずはない。何が起こっているのかと言えば、普段から《カンパニー》との連絡用に使っている超小型イヤホン&マイクを俺も彩園寺もこっそり装着しているのだ。着ぐるみの中にいる俺はバレようがないとして、彩園寺の方も豪奢な赤の長髪があるため耳周りは誤魔化しが利きやすい。ちなみにマイクの方は互いに服の襟元だ。

そんなわけで、こちらもなるべく小声で返す。

「寄って、って……いや、もう大分近付いてるつもりなんだけどな」

着ぐるみの限られた視界を少しだけ揺らして現状を確認しつつ、ギャラリーに疑問を持たれないよう内心でだけ小さく首を捻る俺。

というのも、だ——先ほど風見が紹介してくれた通り、いま撮っているのは〝彩園寺とサクラちゃんの学園祭デート〟をテーマにした動画らしい。そしてデートなら当然こうでしょと言わんばかりに、俺は彩園寺と腕を組んでいるのだ。組むと言っても着ぐるみである俺の腕は器用に曲げたりできないため、彩園寺の方がほとんど両腕を使って俺の左手を抱え込んでいるような格好だが……ともかく、相当に密着している。

「…………」

当然、着ぐるみの皮がそれなりに厚いため感触がどうこうということはない。

けれどそれでも、先ほど彩園寺が言っていた〝前に入っていたのが可愛い女の子だから云々〟やら〝薄着だったから云々〟なんかよりも、あの彩園寺更紗と腕を組んでデートをしているという事実の方がよっぽど俺の体温を上げる要因になっていた。

「ったく……」

そんな内心を誤魔化すように口を開く。

「周りのギャラリーの声も何となく聞こえるけど……確かに、これで中身が男だったりしたら総攻撃を食らいそうだ。しっかりデートじゃねえか、これ」

「そうね。……でも、あんた男じゃない」

「言うなって……それ、誰かにバレたら一瞬で〝お終い〟なんだから」

互いに凄まじく気を使った声量で喋っているため鼓膜に囁くような吐息を感じつつ、俺と彩園寺はそんな言葉を交わす。……いや。正確に言えば、男だとバレたら云々というのは些細な問題だ。重要なのは、男は男でも篠原緋呂斗が彩園寺更紗の手助けをしているという点――これがバレると、下手したら俺たちの〝嘘〟が全て暴かれかねない。

故に、サクラちゃんの中に入っているのが男だというのはもちろん。

それが篠原緋呂斗だというのは絶対に、絶対にバレちゃいけない事実なのだった。

と――そこで、

「次の目的地に到着したにゃ！」

大きなカメラからひょいっと顔を出してそんな言葉を口にしたのは、他でもない《ライブラ》の風見だった。着ぐるみの視界が狭いためはっきりとは分からないが、おそらく景色のいい休憩スポット的な場所なのだろう。お洒落なテーブルや椅子、ベンチに噴水（本物かと思いきや拡張現実仕様の映像らしい）なんかが並んでおり、カップルや友達同士なのであろう生徒たちが思い思いに食事を取ったり楽しそうに喋ったりしている。

ともかく、ムービーの監督役を兼ねているらしい風見が帽子をくるりと回して続けた。

「今回は着ぐるみのサクラちゃんが主役の一人だから食べ物と飲み物は基本スルーで進めるつもりなんだけど、さすがに全部別撮りじゃ物足りない……ってわけで、大事なデートポイントにゃ！　更紗ちゃんに桜花祭の名物スイーツを食べてもらうにゃ！」

「ええ、分かったわ。ちなみに今年は何が目玉なの？」

「にゃ！　売上的には〝全宇宙綿あめ〟っていうのが急に勢いを伸ばしてるみたいにゃけど、事前に取ったアンケートだと断トツ人気は〝三段チョコバナナ〟と〝頭が痛くならない魔法のかき氷〟の二つだったにゃ。チョコバナナの方は更紗ちゃんが食べるとちょっとセンシティブ判定になっちゃうかもだから――じゃなくてバナナを三本も食べたらお腹が一杯になって歩けなくなっちゃうかもだから、今回はかき氷にするにゃ！」

「……ちょっと気になる思考過程があったけれど、まあ気にしないことにするわ」

呆れたように零しつつ手近なベンチに座る彩園寺。着ぐるみとのデートに相応しい、ありがたいチョイスだ。狭い視界で距離感を測りながら俺もその隣に腰掛けた。

そうこうしている間に、かき氷を買いに行っていた《ライブラ》のスタッフが小走りで戻ってくる――彼女が彩園寺に手渡したのは、見るからにふわっふわなかき氷だ。キラキラの赤いシロップが掛かっている辺り、イチゴ味といったところだろうか。

「へぇ……？」

カメラを向けられているからか、はたまたそうでなくとも同じ反応をしたかもしれないが、彩園寺は興味深そうに器の側面に書かれた説明文を読んでいる。

「なるほどね。天然の氷を使って、さらに可能な限り細かく削ることで頭が痛くならないかき氷になる……らしいわよ？　また一つ豆知識が増えたわね」

「…………」

デート風の設定、ということもあり、普段の彼女からは考えられないほど素直で優しげな笑みを向けてくる彩園寺。これが桜花で見せている〝お嬢様〟としての演技の一端なのだろうが、確かにこれはモテること間違いなしだ。彼女の素を知っている俺ですらドキドキさせられているんだから相当な手練れと言えるだろう。

「……ん」

とにもかくにも、スプーンを手にかき氷をじっと見つめる彩園寺。

そのままシャクっと氷を掘り進める――と思いきや、彼女はそこで不意に口元を緩めると、悪戯っぽい色を湛えた紅玉の瞳を隣の俺へと向けてきた。続けておもむろに身を乗り出してきたかと思えば、俺（着ぐるみ）の右手にきゅっとスプーンを握らせる。

　そうして一言、

「ね。……食べさせて？」

「ッ――――!?」

「きたぁあああああああ！　超可愛いにゃ、あざとすぎるにゃ更紗ちゃん!!」

　指先でそっと髪を弄りながら微かに顔を持ち上げて〝あーん〟をねだってきた彩園寺に俺が動揺で絶句する中、そんな内心を代弁するかの如く傍らの風見が荒れ狂うような声を上げる。……何というか。本当に、殺人的な可愛さだった。きっと普段の〝お嬢様〟モードの彼女ならこんなことはしないだろう。そして〝本性〟モードの彩園寺ならそもそも俺にこんな顔は見せてくれないだろう。傍から見れば〝着ぐるみを相手にデートしているだけ〟であり、かつ〝その中身が素で接していい篠原緋呂斗〟だからこそ生まれた奇跡の彩園寺更紗。腕を組んでいた時とは比較にならないほど体温が上がる。

「っ……え、や、その」

「ねえ、どうしたの？　貴方、今日は私の彼氏なんでしょ。これくらいのワガママ、聞いてくれてもいいと思うのだけれど……それとも、もしかして緊張してるの？」

「ばっ……し、してねぇよ。着ぐるみが動かしにくいだけだっての……！」

からかうように見つめてくる彩園寺に異を唱えるべく、俺は着ぐるみの右手を持ち上げる。腕を動かすことはできるが、指先のスプーンなんて感触すらもない。彩園寺がしっかり挟み込んでくれていることを祈るばかりだ。

（くっ……こう、やって……）

ほとんど曲げられない腕を使ってどうにかかき氷の山にスプーンを突き立て、一口分を掬い取ることには成功する。……が、それが精一杯だ。これをさらに持ち上げて彩園寺の口まで運ぶ、なんていうのは、難しいどころか不可能に近い。

と――そこまで考えた、瞬間だった。

「ふふっ。……えいっ」

隣に座っていた彩園寺がくすっと優しげな笑みを浮かべ、俺の腕を抱え込むような形で自分からスプーンに顔を近付けた。そうして小さく口を開き、あむっとかき氷に食らい付く。シャクシャクという小気味よい咀嚼音がイヤホンを通して俺の耳朶を打つ。

「んー……」

そのまましばし無言でかき氷を味わっていた彩園寺だったが、やがてにこっと笑みを浮かべた。俺の腕に縋り付くような格好のまま、彼女は嬉しそうな声音で続ける。

「確かにキーンってならないわね。それに不思議なだけじゃなくて、甘くてふわふわでとっても美味しいわ。……ね、次は私が〝あーん〟ってしてあげましょうか？」

「……だから、着ぐるみは食えねえっての」

絞り出すように一言。

何というか、彩園寺更紗（彼女）という概念に圧倒されるばかりの時間だった。

＃

彩園寺が可愛すぎるというアクシデントはあったものの、撮影自体は順調に進んだ。

最先端技術を駆使した展示の紹介、ミニ遊園地的なアトラクションの体験、さらにはミスコン審査員としての飛び入り参戦……などなど、既に学園祭の紹介ムービーとしては破格すぎるくらい盛り沢山の内容になっていることだろう。主役である俺（着ぐるみ）が言うのも何だが、彩園寺ファンでない生徒でもかなりの満足感は得られると思う。その辺りは《ライブラ》および総監督・風見鈴蘭の力量といったところか。

ともかく、

「ん～……そろそろ頃合い、かにゃ」

そんな風見がポツリと零したのは、空も夕焼けに染まり始めた頃のことだった。タイムテーブルの設定されたイベントは一通り終了し、夢の国を彷彿とさせるほどだった人混み

も徐々に捌け始めてきた頃。すなわち、撮影も最終盤というタイミングだ。

カメラを下ろした風見は、帽子をくるりと半回転させて元気よく言葉を紡ぐ。

「更紗ちゃんもサクラちゃんも、今日は一日ありがとにゃ！　本当に本当に、最高のムービーが撮れたのにゃ！　大注目間違いなしにゃ！」

「そう？　それなら良かったわ」

「にゃ！　それで、最後に映像の〝締め〟を撮ろうと思うんにゃけど……」

言いながら胸ポケットをまさぐり、自身の端末を取り出す風見。おそらくメモ帳アプリか何かにこのムービーの脚本というか、大まかな構成がまとめられているんだろう。それを改めて確認してから、風見はこくりと首を縦に振る。

「内容もかなり充実したし、ラストはさらっと行こうと思うにゃ！　ここ、ちょうど夕焼けがドローンの空中映像と校舎の壁に当たってイイ感じの背景になってるから、それをバックに二人でぎゅーって抱き締め合ってクランクアップにゃ！」

「――……え？　ごめんなさい鈴蘭、もう一回言ってもらえるかしら？」

「夕焼けをバックに抱き合う二人、にゃ！　これが男の子相手だったりしたら大変にゃけど、今回のデート相手はサクラちゃん――そして中身が女の子だってこともちゃんと映像に収めてあるにゃ。だから、安心して抱き合って欲しいにゃ！」

「「………」」

風見監督の指示を受け、窺うようにちらりとこちらを見上げてくる彩園寺。ちょうど俺も彼女の方に視界を向けていたため、そこでバッチリと目が合ってしまう。

いや……もちろん、もちろんだ。何度も言っている通り俺は分厚い着ぐるみの中に入っているわけで、正直なところ〝触覚〟の類はゼロになっていると言ってもいい。今だって当初から変わらず彩園寺と腕を組んでいるわけだが、言ってしまえば〝何かに支えられている〟という安定感があるだけで、腕の感触なんてものは一切感じていない。だからおそらく、真正面から抱き合ったところで〝何か〟を感じるようなことはないだろう。

けれどそれでも、あの彩園寺更紗と――それも《ライブラ》のカメラの前で――抱き締め合う、という事実が変わるわけではなくて。

すぐ隣にいる彩園寺の方もこっそり動揺していることは、乱れた吐息からも明らかで。

「う……あう……」

それでも世紀の〝嘘つき〟である俺たちに拒否権はないことも事実だった――もしここで何らかの理由を付けて抱き締めを断れば、少なくとも風見たちには妙な疑いを掛けられることになるだろう。それで〝嘘〟がバレたりしたら一巻の終わりだ。

（つまり……逃げられないいってわけだ）

ごくり、と唾を呑み込む。……おそらく、その音はイヤホンを伝って彩園寺にも聞かれてしまったことだろう。しばし黙り込んでいた彩園寺だったが、やがて彼女は豪奢な赤の長髪を風に舞わせながら静かにこちらを振り向くと、意思の強い紅玉の瞳を真っ直ぐ俺に向けてきた。その頬に差している微かな朱色が照れからきているものなのか、あるいは夕焼けに照らされたものなのか、視界の限られた俺には判別ができない。

当の彩園寺が、学園島製のカメラでも決して拾えない声量で微かに告げる。

「いい、篠原？　……覚悟しなさい。絶対、絶対に変な声出しちゃダメだから」

「あ、ああ……分かった」

「……あたしも、できるだけ顔に出さないように頑張るから」

「ああ。……頼む」

そう言った、刹那。

ふわり、と風を感じたような気がした——もちろん、そんなのはどう考えても気のせいだ。この着ぐるみに確保されているのはわずかな視界だけで、誰かが近付いてきたところでそれを知覚できるような性能はない。

それでも顔を赤くした彩園寺が俺の目の前に立ち、両手を広げてぎゅっと抱き着いてきた瞬間、感じられるはずのない甘く爽やかな匂いが鼻孔を掠めたのは確かだった。同時に柔らかな感触がお腹の辺りに押し付けられる。……おそらく、傍から見れば〝デカい着ぐるみに抱き着いている女子高生の図〟でしかないだろう。けれど中にいる俺と当事者である彩園寺にしてみれば、決してそんな言葉では流せない緊張の一瞬だった。

「んっ……」

唯一確保された視界の真正面で、真っ赤になった彩園寺の唇からそんな声が零れる。対する俺の方はと言えば、そんな彼女の顔をさりげなく隠すように、必死で着ぐるみの両手を持ち上げて彩園寺の肩を支えることにする。

「「…………」」

ドキドキドキドキ、と。

早鐘を打つ心臓の音がお互いのイヤホンから聞こえてくるだけの時間がしばし続いて。

「――はい、カーット！　ＯＫにゃ！」

風見の指示で俺と彩園寺が身体を離したのは、体感で言えばそれから十分近く経った頃のことだった。もちろん、冷静に考えてみれば十秒かそこらだったのだろう。けれどそれでも、数時間着ぐるみで歩いたのと同じかそれ以上に汗を掻いたのは間違いない。

……まあ、それはともかく。

たた、っと駆け寄ってきた風見が、興奮に満ちた口調で俺と彩園寺に声を掛けてきた。

「最ッ高のシーンだったにゃ！　更紗ちゃん、あんなに演技上手だったのかにゃ!?　まるで本当のデートの最後に甘えてぎゅーって抱き着くカノジョさんみたいな……天才的だったにゃ、更紗ちゃんは本物の大女優にゃ！」

「え、ええ……もちろん、演技よ。全部、何もかも、計算の上だわ」

「さすがとしか言いようがないにゃ！」

大袈裟なくらいのジェスチャーを交えて彩園寺を褒め称えつつ、八重歯を覗かせて満面の笑みを浮かべる風見。彼女はそれから俺の方にも向き直る。

「それにそれに、サクラちゃんも超ファインプレーにゃ！　そもそも女の子が着ぐるみのまま何時間も撮影なんて、いくら休憩を挟んでても大変だと思うけど……底なしの根気と体力にゃ、心から感嘆するにゃ！　凄まじいにゃ！」

（そりゃどうも）

「それに、最後のハグ……更紗ちゃんの方も最高に良かったけど、実はサクラちゃんも神懸っていたのにゃ。着ぐるみだから〝演技〟に期待してたわけじゃなかったのに……最後の一瞬は、本当に〝何か〟が降臨していたにゃ。リアルな演技っていうか、まるで女の子のい、扱いに慣れてない不器用な男の子みたいで」

「…………」

「もしかして、本当は男の子が中に入ってたり……？」

言いながら微かに背伸びをして、着ぐるみの目をじっと覗き込んでくる風見。……あまり近付かれるともしかしてバレるのか？　なんて思ったのも束の間、彼女はくるりと身を翻して「なんちゃってにゃ！」と破顔する。

「そんなことになったら《ライブラ》もろとも炎上案件にゃ！　あるわけないにゃ！」

（あ、あっぶねえ……）

ギリギリのところで疑いを撤回してくれた風見に対し、俺は内心でそっと息を吐く。イヤホンからも安堵の息が漏れ聞こえてきている辺り、彩園寺の方も胸を撫で下ろしていることだろう。着ぐるみの視界が狭くて見えないが。

（ま、ともかく――これで長かったムービー撮影も終わりか。最初から最後までめちゃくちゃ大変だったけど、どうにかバレずに済んだみたいだな……）

既に撤収の準備を始めている《ライブラ》のスタッフたちを遠目に見つつ、ぼんやりとそんな思考を巡らせる俺。

するとそこへ、風見が再び声を掛けてきた。

「それじゃサクラちゃん、そろそろ行くにゃ！　レッツゴーにゃ！」

「……？　待って鈴蘭、行くってどこに？」

万が一にも喋れない俺の代わりに彩園寺が当然の疑問をぶつけてくれる。

対する風見の方は「にゃ？」と不思議そうに首を傾げてから、指先をビシッと彼方に突き付けて、こちらも至極当然といった声音でこんな言葉を口にした。

「どこって……それはもちろん、女子更衣室でお着替えタイムに決まってるにゃ！」

「!?」

「……？　そんなに驚いてどうしたのかにゃ、更紗ちゃん？」

「あ、い、いえ……何ていうか、すっかり頭から抜けていたものだから」

「にゃるほど！　きっと更紗ちゃんも疲れてるってことにゃ。元々着てた制服は全部あそこに置いたままだし……それに、今日の功労賞であるサクラちゃんを倒れさせるわけにはいかないにゃ。早く着替えて労ってあげなきゃ、にゃ！」

（ま──マズい、マズいマズいマズい!?）

突然のピンチに慌てまくる俺、そして彩園寺。

その後、完璧なタイミングで機転を利かせてくれた姫路が彩園寺に連絡を入れ、一世を風靡する手品師張りのテクニックで俺と例の少女が再び〝入れ替わる〟まで、ひたすら生きた心地がしなかったことだけは明言しておこう。

＃＃

ちなみに──ここから先は後日談だが。

桜花祭から五日ほどが経過した頃、彩園寺から一本の動画データが圧縮ファイルで送られてきた。風見からのメッセージを転送したもので、要は〝例の紹介ムービーが完成したから公開前に問題がないか確認しておいてくれ〟という依頼だ。彩園寺が見てくれているのであれば基本的に不安はないが、まあ念には念をということだろう。

そして、

「――なるほど。それでは……せっかくなので、わたしも視聴させていただきます」

　それを伝えてみたところ、家事を中断した姫路が当の映像チェックに名乗りを上げてきた。もちろん俺としても異存はない。端末に送られてきた動画データをシアタールームの大画面に投影し、俺と姫路で横並びになって視聴を開始する。


『ね。……食べさせて？』

『これくらいのワガママ、聞いてくれてもいいと思うのだけれど……』

『それとも、もしかして緊張してるの？』

『んっ……』


　……大画面に流れるのは、当然ながら俺（着ぐるみ）と彩園寺のデートシーンだ。当時は緊張やら動揺やらに襲われまくっていてそこまで意識していなかったが、こうして見るとあまりにも甘々なカップルすぎて無性に照れくさくなってくる。

「ふむ……」

　そんな映像を最後まで確認した姫路は、メイド服の白手袋に覆われた右手をそっと唇に触れさせた。そうして、白銀の髪を微かに揺らしながら一言。

「乙女の顔になっていますね、リナ。どう見ても演技ではありません。……ご主人様とのデートがよほど楽しかったのでしょうか？」

「え。い、いや……着ぐるみだし、ただ隣を歩いてただけだけど」

「そうでしょうか？　ですが映像では、あーんをしています」

「……まあ、したけど」

「ハグもしています」

「…………まあ、したけど」

「少し……少しだけ、不公平ではありませんか？」

　そう言って、ソファの上でずいっとこちらへ身を乗り出してくる姫路。その唇はほんの少し拗ねたように尖らされていて、室内の明かりに照らされた白銀の髪は俺の目の前でキラキラと輝いていて、澄んだ碧の瞳は真っ直ぐに俺を見つめている。

「ご主人様。……確かにわたしは、桜花祭を満喫しました。結果的に午前中だけではありましたが、それでも数時間は心から楽しませていただきました。ですが、リナがこれほど素敵なエスコートをされているのであれば話は別です」

「え、えっと……？」

「ただ、幸い今は学園祭シーズン……来週も再来週もその次の週も、どこかしらの学区では学園祭をやっています。取り返せないものではありません。……どうしますか？」

　じ、と至近距離で俺を見つめたまま囁く姫路。

その論法の趣旨を正しく理解して、俺は静かに言葉を継ぐことにする。

「……よし。それじゃあ姫路、来週の日曜は空いてるか？　もし良かったら、俺と学園祭で〝デート〟して欲しいんだけど」

「っ！　……はい。かしこまりました、ご主人様」

俺の要望に微かに頬を緩めてみせる姫路。白銀の髪をさらりと揺らした彼女は、満足そうに――あるいは嬉しそうに小さく一つ頷いて。

「そこまで言われてしまったら、メイドに拒否権はありません。……喜んで同行させていただきます、ご主人様」

あまりにも可愛らしい笑顔で、はにかむようにそんな返事を口にした。

「唸れ風刃、猛き雪嵐――いっけぇ、花鳥風月宴！」

祈るような少女の宣言と共に、刹那の風が舞い降りた。

初めは微かに、けれど徐々に勢いを増す風の刃。愛らしいロッドから放たれたとは到底思えない強烈な斬撃が対面の〝敵〟へと襲い掛かる。

「ふはは、甘ぁあああああいッ!!」

それでも、敵――この世を統べる当代の魔王こと【黒衣のジークフリート】にはその程度の攻撃が通じるはずもなかった。吸血鬼、アンデッド、それから鬼。あらゆる夜の種族を束ねる彼はまさしく夜の王だ。闇の帳が下りている間は無敵に近い力を得る。

「っ……紬さん、いえ【謎の魔法少女シーナ】さん！　ここはわたしに！」

瞬間、気迫と共に飛び出したのは、メイド服のスカートから仕込み刀を取り出した白銀の髪の少女だ。彼女はちらりと傍らの俺に目を遣ってから、短い詠唱を口にしてひゅんっと勢いよく刀を放る。影縫いの魔術……これで、魔王はしばらく動けない。

「すごい、お姉ちゃんすごいすごいっ！　えへへ、それじゃわたしもお兄ちゃんと――じゃなくって、勇者のお兄ちゃんと合体魔法！　煌々たる聖火よ、その偉大なる力にて無限の闇を照らし尽くせ！」

「さすれば我が魂を捧げよう――」

「――光塵多重奏!!」

「ぐっ……く、ぁああああああ!!」

ロッドを勢いよく振るったオッドアイの魔法少女と右手を翳した俺との連携攻撃は目を焼くほど凄まじい光を放ち、辺り一帯を白く染め上げた。光は闇の天敵だ、いかに夜の王とてここまで圧倒的な光量に耐え切る術はない。

と、いうわけで――

「……あなたたちは、死力を尽くして【黒衣のジークフリート】に勝利しました!!」

「やったぁああああ!」

魔王の、もとい加賀谷さんの敗北宣言を聞いた魔法少女――ゴスロリ姿の椎名紬は、俺の膝の上で嬉しそうに歓声を上げた。


――TRPGというゲームジャンルがある。

略さずに言えばテーブルトーク・ロール・プレイング・ゲーム。テレビゲームや携帯ゲーム等のコンピューターゲームに対し、主に会話やダイスを用いて物語を進めるアナログゲーム全般を指す。プレイヤーは提示された世界観とルールの中で自らの分身となるキャラクターを作り上げ、強大な敵を倒したり事件を解決したりするわけだ。

そして、今俺たちがプレイしているゲーム——《ミスティックリビルド》もそんなTRPGの一種である。基本的にはよくあるRPGの構成で、プレイヤーたちは悪の根源たる魔王を倒すために奮闘する。ただし《ミスティックリビルド》は、この〝魔王〟をプレイヤーの誰かが持ち回りで担当するというのが特徴だ。四人でプレイする場合は一人が魔王になり、残る三人は結託して魔王を倒す。すると勇者側の誰かが次代の魔王になり、永遠に〝クライマックス〟を繰り返せる……という、なかなかに突き抜けた設定だ。

「んっと、じゃあおねーさんは第二形態でやられちゃったから普通にダイスで転生判定して……うむ、次はヒロきゅんが魔王だねん。よろしく～」

「え～！　もう、お兄ちゃんばっかり魔王になっちゃう……わたしももっと悪い人やりたいなぁ。せっかく【魔眼】が疼いてるのに！」

ロイドと名付けた使い魔、もといケルベロスの人形を胸元に抱きながらぷくっと頬を膨らませるゴスロリドレスの中二病少女・椎名紬。俺の膝上を占拠した彼女は、無意識なのかさっきからパタパタと楽しげに足をばたつかせている。文句を言ってはいるが、時折こちらを見上げる表情はにっこにこだ。ゲームが楽しくて仕方ないんだろう。

「そうですね……」

俺のすぐ隣に座っているメイド服姿の姫路白雪も、自身の前に広げたルールブックとステータス表を見つめながら静かに頷いている。

「実際、魔王になった方が効率的にキャラクターを成長させることができますので。わたしも可能ならそろそろ魔王になりたかったです」

「そこだけ切り取ると凄い発言に聞こえるな……」

姫路の囁きに対し、軽く苦笑しながらそんな言葉を返す俺。

が――まあ、二人の言い分は俺にだってよく分かる。何しろこの《ミスティックリビルド》というゲーム、魔王が入れ替わる際に〝以前の能力を引き継いだまま新規のキャラクターを構築できる〟仕様があるため、言ってしまえば魔王を経由した〝転生〟が可能になっているんだ。そして当然、転生を繰り返すほどに勇者たちは強くなる。

故に、

「じゃあね、おねーさんは回復職やろうかな。前世は狂戦士だったんだけど、形振り構わない戦闘スタイルで大事な仲間を失っちゃったんだよ。それをずっと後悔してて、だからこそ今度は絶対に誰も死なせない執念の回復職……！　でも、ダメージを受けると強化される能力は引き継いでるから、どんどん前線に出ていっちゃうんだよねん」

「ふわぁああ！　お姉ちゃんすごい、格好いい！」

……こんな具合で、前世設定やら転生設定やら闇落ち設定やらを盛りに盛りまくる展開になることが多いというか、それが通常営業なのだった。

ちなみに現時点で、各キャラクターの辿ってきた遍歴はこんな感じだ。

【姫路白雪——キャラクター名：シラユキ。
転生四回：炎魔術師／水魔術師／風魔術師／土魔術師／筆頭従者】
【椎名紬——キャラクター名：シーナ。
転生三回：魔神／妖狐／吸血鬼／魔法少女】
【加賀谷亜美——キャラクター名：アミリン。
転生二回：剣士／凶戦士／回復術師】
【篠原緋呂斗——キャラクター名：ヒロト。
転生七回：盗賊／聖騎士／魔導士／回復術師／狙撃手／剣士／勇者／現魔王】

……先ほどの戦闘で加賀谷さんの操る魔王こと【黒衣のジークフリート】が倒れ、勇者だった俺が次代の魔王になった。そして《ミスティックリビルド》における魔王は物語の進行役も兼ねている——つまりは〝自分が倒されるためのシナリオ〃を用意しなきゃいけないわけだが、まあそれも醍醐味というやつだろう。

「じゃあ、次は俺のシナリオだな。まず……この世界では、魔王の居場所が調べるまでもなく最初から分かってる。天空の城、みたいなところだ」

「天空の……！　すごい、お兄ちゃん格好(かっこ)いい！」

「格好いいのは城の方だって。……で、この世界の魔王は城の中心にある広い部屋でめちゃくちゃデカい椅子にふんぞり返って座ってるんだ。護衛も付けずに一人でさ。でもそれは慢心ってわけじゃなくて、そもそも誰も城まで辿り着けないんだよ。めちゃくちゃ気流が激しい空域だから普通の飛行魔術じゃ近付けない。ってわけで勇者パーティーは、乱気流の中でも飛べる〝伝説のワイバーン〟を手懐(てなず)けるか、もしくは〝伝説のワイバーン〟に乗れる仲間を探して情報収集から――」

「――お言葉ですが、ご主人様。もとい、現魔王ヒロト様」

と……そこで、静かに口を挟んできたのは他でもない姫路白雪(ひめじしらゆき)だった。彼女は白銀の髪をさらりと揺らしながら、涼しげな声音でこんな言葉を口にする。

「その問題ならすぐにでも解決できます。ですよね、シーナ様？」

「うん！　だってわたしは元〝魔神(クリア)〟――100万の眷属(けんぞく)を従えた最強の神だもん！　だから、今でも血染めの魔眼を見せるだけでどんな魔物でも言うことを聞いてくれるの！」

「!?　いや、そんな設定……あったな、そういえば！」

頭の中から該当の記憶を探り当て、大きく目を見開く俺。それに対し、漆黒と深紅のオッドアイでこちらを見上げた椎名がいかにも得意げな口調で続ける。

「えっへん！　それじゃあ、わたしは元魔神の力で〝伝説のワイバーン〟を連れてきちゃうよ。これでお兄ちゃん魔王のところまでひとっ飛び！」

「くっ……いや、でもまだだ。魔王城の表門には全属性の魔術の粋を極めた防御術式ってのが仕掛けてあるんだよ。こいつを解除するには各属性魔術のエキスパートを呼んでこなきゃいけないから、普通は裏門の方に回らなきゃいけない。で、裏門は裏門で魔王直属の四天王が守って——るんだけど」

「はい。……すみませんヒロト様。全属性の魔術なら、わたし一人で極めています」

「そうなんだよな……」

鉄壁の防御が一瞬で崩されていくのを感じながら微かに頬を引き攣らせる俺。……魔王側はシナリオの大まかな流れをダイスで決めるのだが、転生を繰り返した勇者たちがインフレしすぎてそろそろ生半可な出目では食い止められなくなってきた。

が、まあそれはともかく。

「えへへ、ここからはわたしの独壇場だよ——！」

元魔神の魔法少女、という凄まじい設定を持つ椎名が魔王城のトラップをことごとく破壊し、三人はあっという間に魔王の居室へ辿り着く。俺も七度の転生を果たしているため戦闘こそ派手なぶつかり合いとなったが、やはり三対一ではどうしようもない。

「っ……あーくそ、負けたよ」

与えられたダメージが致死量に達したのを確認した瞬間、俺は小さく両手を上げてそう言った。それを聞いた椎名が「わ～！」と姫路にハイタッチをせがみ、対する姫路が優しい顔で応じる。対面の加賀谷さんも輪に入りたそうな顔でうずうずしていたが、次の瞬間には椎名の方が俺の膝から飛び降り、テーブルの下を潜って加賀谷さんの腰にダイブしていた。……相変わらず、懐いた相手にはとことん距離の近いやつだ。そして加賀谷さんに抱き着いた意図としては、おそらく〝眠くなってきた〟というのがあるんだろう。

「ふふっ……そろそろ切り上げても良さそうですね、ご主人様」

「ああ。何だかんだでめちゃくちゃ楽しかったな」

小声でそっと耳打ちしてきた姫路に肯定の言葉を返しつつ、敗北した魔王であるところの俺はいくつかのダイスを転がすことにした。既に何度も行った転生判定ではなく、物語のラストを決めるための判定。《ミスティッククリビルド》は明確な終わりがない反面、魔王の裁量でいつでもエンディングへ向かうことができる。

もちろん、その〝終わり方〟にも無数の分岐というものがあるのだが。

「なになに――って、え？」

「〝魔王は、自身を討伐した勇者に恋をした。その者と口づけを交わし、永遠の愛を誓った。そして世界に恒久の平和が訪れた〟……ですか」

「……口づけ？　お兄ちゃんが？　してくれるの？」

どことなく平坦に感じられる姫路の読み上げを耳にして、とろんと瞼を落としかけていた椎名が舌ったらずな声でそんなことを言った。ぽーっとこちらを見つめている視線は微かな熱を帯びているようで、俺は「っ……」と反射的に目を逸らす。

逸らした先で、澄んだ碧眼と目が合った。

「――ご主人様。今申し上げましたように、このシナリオのラストは魔王と勇者の口づけで終わるようです。勇者側が複数人いる場合は誰か一人を任意で選ぶ、と」

「あ、あー……いや、でもそれは」

「もちろん本気で唇を奪えと言っているわけではありません。あくまでゲームの話ですので、お気軽に選んでいただいて結構です」

「う、うん、うんっ！　お兄ちゃん、選んで選んで！」

「え～、加賀谷のおねーさんは……にひひ、なんか照れるねん」

整った顔をふわりと近くに寄せてくる姫路と、すっかり目が覚めたといった様子でこくこく首を縦に振る椎名と、ボサボサの髪に手櫛を入れつつニヤニヤと笑う加賀谷さん。

そんな中、俺は――

「だ……ダイス、振り直しで」

――転生により引き継いだ能力を使って、逃避と降参を申し出た。

完璧メイドが倒れた場合

liar liar

──その日は、何だか朝から姫路の様子がおかしかった。

「ん……」

表面的にはいつも通り完璧に家事をこなす銀髪メイド……なのだが、よく見れば頬の辺りがほんのりと赤らんでいる。掃除の際も足元が覚束ない様子だったし、挙句の果てには料理に使う塩と砂糖を間違えるというテンプレ過ぎるミスをしていた。まさにドジっ子メイド、という感じではあるが、姫路の性質は本来ならそれとは真逆のモノだ。

「……あの、すぐに作り直しますので」

「いや、そんなことより……」

言いながら、俺は落ち込む彼女の額にそっと手を置いてみる。

「あつっ!?」

……案の定、というやつだった。

・

「すみません、ご主人様……」

三十分後。

ふらつく身体を俺に支えられながら自室のベッドまで戻った姫路は、タオルケットの上

から顔だけ出して申し訳なさそうな小声で囁いた。先ほど計測してみたところ、彼女の体温は37・6度――〝無視できない程度のダルさを感じる微熱〟といった具合だろう。どうやら今日の不調はそれが理由だったらしい。

「おそらくですが、昨日雨に降られたのが原因かと思います。買い物の帰りに、ちょうど夕立にぶつかってしまいましたので……」

「……まあ、やっぱそれだよな」

記憶を辿りながら同意する。昨日は普通に平日だったのだが、二学期の中間試験が近いということで、桜花の《女帝》こと彩園寺更紗が家に来て勉強会――と言いつつ一方的に俺が勉強を教わるだけの催し――を行っていた。そして俺が机に向かっている間、手の空いた姫路が買い出しに行ってくれていたのだ。そこで運悪くゲリラ豪雨に襲われた。

「俺が一緒に――いや、せめて迎えに行ければ良かったんだけど」

「いえ……それは、わたしが連絡しなかっただけですので」

目に見えてしゅんと項垂れる姫路。予想外の事態に落ち込んでいる様子だ。

「ご主人様に迷惑をお掛けするなんて、メイド失格で――え？」

と、そこで、続く言葉を遮るような形で姫路の額に冷え〇タを貼った俺に対し、彼女は驚きと困惑が混ざったような視線を向けてきた。文字通り熱に浮かされたような瞳。それを見た俺は、視線を下げないように意識しながら嘆息交じりに言葉を継ぐ。

「ったく……そういうのは冗談でも言うなっての。姫路に〝メイド失格〟とか言われちまったら普通に泣くぞ、俺？」

「……すみません、ありがとうございます」

意図が正しく伝わったのか、仄かに笑ってくれる姫路。そうして彼女は、もう原因追及は終わりだとばかりに小さく首を振ってみせる。

「それでは、お言葉に甘えて熱が下がるまで少しだけ休ませていただきます。ですが、そうなると家事の方は……」

「ん？　ああ、それはもちろん俺がやっとくよ。姫路ほど達者じゃないけど料理だってできないわけじゃないし、掃除もどっちかと言えば得意な方だ。……でも」

そこで一旦言葉を止めて、右手をそっと口元へ遣る俺。

何というか——家事はともかく、問題は姫路自身の看病だった。ヘッドドレスこそ外しているが、彼女は未だにメイド服のまま。俺が後ろを向いていれば着替えくらい一人でできるかもしれないが、脱いだ服は俺が洗濯していいのか？　それに、熱があるなら汗だって掻いているはずだ。シャワーは無理にしても、タオルで身体を拭くくらいはした方が良いんじゃないか？　果たしてどこまで……などと、そんなことを考えていた時だった。

「っ……篠原！　ゆ、ユキが倒れたってどういうことっ⁉」

バタンッ、とドアを押し開けて部屋に飛び込んできた豪奢な赤髪の少女。

そう、すなわち――救世主・彩園寺更紗の登場だった。

彩園寺が姫路の不調を知っていたのは、もちろん俺が連絡したからだ。

つい先ほどメッセージアプリを介して簡単に状況を伝え、ついでに〝こういう時に必要なモノって何かあるか？〟と女子目線でのアドバイスを求めてみた。それに返信はなかったのだが、どうやら即断即決で行動に移してくれていたらしい。

「篠原、あんたは料理担当ね。しばらく部屋に入っちゃダメだから！」

そう言って、食材の入ったビニール袋を押し付けてくる彩園寺。といっても、中身はネギと卵だけだ。希望のメニューは定番の卵粥といったところだろう。

こういう時の彩園寺は（普段からそうだがより一層）本当に頼りになるやつで、俺がキッチンに立っている間に姫路の着替えや汗拭き、氷水の準備にタオルの用意に予備のパジャマに……と大車輪の活躍を見せてくれる。故に、俺が小鍋とお椀の乗ったトレイを持って姫路の部屋へ戻る頃には、既に長時間看病できる環境が完璧に整っていた。

まあ、とにもかくにも。

ベッドの縁に腰を下ろした俺は、卵粥をレンゲで掬って姫路の口元へ運んでいく。

「ぁむ……」

普段寝ているベッドの上で身体を起こし、赤らんだ顔をこちらへ近付けるような形でそろそろとレンゲを咥える姫路。目を瞑ったまま何度か咀嚼していた彼女は、それからふわりと幸せそうに口元を緩めてみせる。

「……美味しい、です。さすがですね、ご主人様」

「そうか？　そりゃ良かった」

姫路の作る手料理には到底及ばないが、そう言ってもらえたことに安心して、俺はしばらくレンゲを動かし続けることに集中する。対する姫路はやがて俺の作った卵粥を綺麗に完食し、温かいお茶を飲んでから再び身体を横にした。そうして数分後、すぐに睡魔がやってきたのか、すーすーと穏やかな寝息が聞こえ始める。

「……うん、とりあえずは大丈夫そうね」

そんな姫路の前髪を指先でそっと横へ流しつつ、抑えた声音でポツリと呟く彩園寺。慈愛に満ちたその表情をすぐ近くで眺めながら、俺もそっと胸を撫で下ろす。

「ああ……ありがとな、彩園寺。おかげで助かった」

「いいえ？　あたしだってユキの親友だもの、放っておくなんて薄情じゃない。……それに、あたしが来なかったらあんたがユキのお世話をするつもりだったんでしょ？　そんなの……そんなの、どう考えてもえっちな雰囲気になるに決まってるもの」

「は？　……いやいや、そんなわけないだろ。俺はただ――」

「ん」

俺の言葉を遮るように短く声を零し、人差し指でびしっと姫路の顔を指差す彩園寺。釣られて視線を動かした俺は、改めて姫路の寝顔を覗き込む――と、

（…………、天使か？）

途端に脳裏を過ぎったのはたった二文字のそんな感想だった。普段の彼女よりずっと無防備で、あどけなさは三割増しで、呼吸を忘れるほどに可愛らしい寝顔。思わずごくりと唾を呑んでしまう――それを、傍らの彩園寺は見逃さなかった。

「ほ、ほら！　今、絶対〝触りたい〟って思ったでしょ⁉　これだから篠原なんかにユキのお世話を任せるわけにはいかない、って言ってるの！」

「う……まあ、めちゃくちゃ可愛いって思ったのは否定しない。でもな、だからって風邪で寝込んでるやつに手を出すほど落ちぶれたつもりはねえよ⁉」

「ふん、どうかしらね？　そういう取り繕った理性を超えていくのがいわゆる〝衝動〟ってものだと思うのだけれど……」

むすっと胸元で腕を組み、唇を尖らせながら紅玉の瞳を不満げにこちらへ向けてくる彩園寺。……ただもちろん、彼女も本気で俺が姫路を襲うなどと考えているわけじゃないのだろう。もしそんな疑いが掛かっているのであれば、四月に俺が姫路と同居を始めた段階でもっともっと文句を言ってきていたはずだ。

よって――結局、看病される側である姫路がぐっすり寝ていることもあり、救世主こと

彩園寺はその後しばらくして帰っていった。ちなみに『明日（あした）になっても熱が引いていないようなら必ず医者に行くこと』という言伝（ことづて）付きだ。残された俺の方はその後もちょくちょく姫路の部屋へ様子を見に行っていたのだが、ベッドの上の彼女は終始穏やかな寝息を立てていた。この調子ならきっとすぐに良くなるだろう。

そんなこんなで、夜。

「………」

俺は、姫路のベッドのすぐ脇に一脚の椅子を置き、彼女に背を向けるような形で座っていた。……寝ている間ずっと一人にするのは忍びないが、しかし何時間も異性の寝顔を眺め続けているのはどうなんだ、という葛藤の末に生まれた折衷案だ。これなら互いの恥ずかしさを軽減しつつ、万が一の際にはちゃんと対応できる。

（まあ、すぐ後ろに姫路がいるってだけでも普通に緊張するけど……）

そんなことを考えながら暗闇の中でぼうっとしていることしばし。徐々に眠気が差してきた頃、俺の背後からごそごそと小さな物音が聞こえてきた。

「ん………、夜？　……そうでした、わたし……確か、風邪を引いて………」

続けて囁（ささや）くような声。察するに、姫路が目を覚ましたのだろう。振り返って声を掛けようとした俺だが——その瞬間、両の鼓膜が異音を捉えて動きを止める。……まず聞こえたのは、しゅるっとタオルケットがずれ落ちる音だ。そして、

「暑……」

微かな熱を帯びた呟きと同時、ぷつっとボタンをはずすような音。さらにごそごそ、しゅるしゅる、ぱさっ……と、思春期男子の妄想を掻き立てるような一連のＳＥが最新鋭の立体音響もかくやという凄まじい臨場感で俺の元まで届けられる。

（ぬ、脱いでる……のか？　服を？　いやでも、メイド服の方はとっくに彩園寺が脱がせてくれてて、その後はパジャマ一枚だったんだから……つまり）

――今振り返ったら大変なことになる。

幸いにも、姫路は俺が起きているとは思っていないらしい。替えのパジャマやタオル類は彩園寺が用意してくれているし、じっとしていれば穏便に終わるだろう。

そうして天国のような拷問の時間はしばらく続き、ようやく姫路の着替えが終わったようだ。「ふぅ……」と満足そうな吐息に俺も胸を撫で下ろした――瞬間、だった。

「……、ご主人様ぁ……」

「――っ!?」

ぎゅ、と、当の姫路が背後から突然抱き着いてきた。ベッドの上で両膝立ちのような体勢になり、そのまますぐ隣の俺にしなだれかかってきているような状態だ。パジャマ一枚という格好も相まって柔らかさがダイレクトに伝わってくるし、いつもさらさらの髪が汗でしっとりと濡れているのもまたゾクゾクとした感触を生み出している。加えて――おそらく微熱と寝起きで意識が朦朧としているのだろう——俺の耳元で囁かれる言葉には、普段と違って甘えるような色が多分に含まれている。

「看病してくれて……ずっと隣にいてくれて、ありがとうございます。ご主人様と一緒にいられるだけで、わたし……わたしは………」

「ッ……」

「すー……すー……」

「……へ？」

数センチも離れていない至近距離から鼓膜を撫でる微かな寝息。それで我に返り、俺はポカンと口を開く。……どうやら背後の姫路は、再び眠ってしまったようだ。

（ま、待て……この体勢で？　嘘だろ？）

薄い布越しに感じられる姫路の体温。薄桜色の唇から時折零れる悩ましげな寝言。しがみつくようにぎゅうっと俺の胸元へ回された手……先ほど彩園寺が言っていた話じゃないが、確かに一瞬で理性を蒸発させるには充分すぎるくらいの破壊力だ。

よって、

「……あー……素数とか、数えるかあ」

結局——最後の理性こそどうにか守れたものの、翌日になって完全に快復した姫路が目覚めるまでの間、抱き枕になっていた俺が一睡もできなかったのは言うまでもない。

知っての通り、学園島(アカデミー)では様々な種類のイベントが行われている。

五月期交流戦《アストラル》や夏休みの前半を使って開催された大規模イベント《SFIA(スフィア)》、最近だと二学期学年別対抗戦《修学旅行戦(フォルティツシモ)》や《習熟戦(リフレイン)》なんかもその代表的な例だ。いわゆる〝他学区交流戦〟は学園と学園の間で大量の星が移動するため、比例してイベント自体の規模もやたら大きくなる傾向がある。

けれど、イベントというのは何もその手の大規模《決闘(ゲーム)》ばかりじゃない。学園単位で行われる校内戦や学園祭、有志の運営委員会が開催している小規模な行事。それらの一つにisland tube(アイ・チューブ)を利用した〝配信型イベント〟というジャンルも存在していた。

『――以上が、今回のイベントの基本ルールになるにゃ！　上位報酬はイベント限定アビリティ！　詳細はさっき配信した専用アプリから確認して欲しいのにゃ……!!』

そんなわけで――二学期某日、とある日曜日。

〝偽りの7ツ星〟である俺は《ライブラ》主催の配信型イベントに参加するため、三番区の片隅にある大型ショッピングモールを訪れていた。

「…………」

周りを見渡してみれば、集まっているのは学区対抗戦でもよく見かける5ツ星以上のプレイヤーばかりだ。ただし《ライブラ》の実況担当——もちろん安定の風見鈴蘭だ——が説明してくれたイベント概要を聞く限り、今回のコンセプトは〝オフの日バトル〟。普段の真剣勝負とは違って、どちらかと言えばバラエティ色の強いイベントらしい。

「ふむ……なるほど」

俺がそんなことを考えていると、すぐ隣で詳細ルールを読み込んでいた専属メイドこと姫路が涼しげな声音で口を開いた。

「本日のイベントは、こちらのショッピングモールを一時貸し切りにして行われるようですね。形式は全て星の移動がない疑似《決闘》で、内容はモール内の専門店……スポーツ用品店や書店など、様々な店舗の商品を利用したモノとのことです」

「ああ。ま、要は宣伝も兼ねてるんだろうな。ノーリスクで限定アビリティが手に入るかもしれないわけだから、参加する側からすればそこそこ美味しいイベントだけど」

「そうですね。……もちろん、学園島最強であるご主人様の場合はそれなりに善戦しなければ格好が付かなくなってしまいますが」

微かに口元を緩ませながら澄んだ碧の瞳を向けてくる姫路。勝たなきゃいけないのはいつも通りだが、普段の《決闘》と比べて緊迫感が薄いのは確かだ。他の参加者と同様、楽しむついでに一位を狙うくらいの温度感でちょうどいいだろう。

と——俺がそこまで思考を巡らせた、瞬間だった。

「あ！　篠原(しのはら)くん篠原くん、ちょっといいかにゃ⁉」

　とたたたっ、と俺たちの目の前まで元気よく駆けてきてしゅたっと右手を上げてみせたのは、つい先ほどルール説明を行っていた風見鈴蘭(かざみすずらん)だ。敏腕記者の腕章を肩の辺りに巻き付けた彼女は、ボーイッシュな帽子(キャップ)をくるりと回しながらノリノリで言葉を紡ぐ。

「業務連絡にゃ！　今日のイベントは予選をいくつかのブロックに分けて、勝った人たちで決勝ラウンドをやる予定にゃんだけど……参加人数の関係で、二人だけシードになるのにゃ。つまり予選免除にゃ！」

「ああ……要するに、俺がそれってことなのか？」

「そういうことにゃ！　文句なしの満場一致だったのにゃ！」

　帽子(キャップ)の下からぴょこんと外ハネした髪を揺らす風見は、いつも通りのハイテンションでそんなことを言ってくる。……まあ、確かに俺は（偽りの）７ツ星だ。対外的には〝学園島(アカデミー)最強〟なわけで、シード枠にぶち込んでおかないと色々問題があるだろう。

「じゃあ、最初の方は参加しなくていいんだな」

「そういうことにゃ！　予選は大体二時間くらいかかると思うから、申し訳ないけど決勝ラウンドが始まるまで時間を潰してて欲しいのにゃ。……あ、ちなみにちなみに、このモール内はイベント実施のために全部の店を開放してもらってるにゃ！　予選でちょうど使ってる場所じゃなければ、どこでも冷やかしし放題にゃ！」

「へえ……そうなのか、さすが天下の《ライブラ》って感じだな」

「そうですね。確かに暇潰しには事欠かない環境ですが……いかがなさいますか、ご主人様？　もしよろしければ、わたしもイベントを辞退してお付き合いいたしますが」

「え？　それは――」

「あ、そのことなら心配しなくても大丈夫にゃ白雪ちゃん！　イベント開催側として、何も篠原くんを一人ぼっちで待たせるなんて可哀想な真似はしないのにゃ！」

「……？　どういう意味でしょうか、風見様？」

風見の放った意味深な発言にこてりと首を傾げる姫路。それに対し、気持ちのいい笑顔の隙間から可愛らしい八重歯を覗かせた風見は無邪気な声音でこう答える。

「さっき話した通りにゃ。今回のシード枠は二人……篠原くんと、もう一人は更紗ちゃんにゃ！　決勝戦が始まるまで、二人で仲良く時間を潰してくるといいにゃ！」

（…………え）

予想外の名前を聞いて、思わず思考が止まりかけたのは言うまでもない。

「えっと……待たせたわね、篠原」

それからおよそ十分後。

イベントの予選が始まる中、シード枠ということで一旦カメラの前から離れることになった俺と彩園寺は、閑散としたショッピングモールの片隅で顔を合わせていた。

「あ、ああ……」

目の前でそっと右手を腰へ遣る桜花の《女帝》を見つめつつ、俺は裏返りそうになった声を抑えながら短く答える。……普段見慣れている凛々しい制服姿とは全く異なるフェミニンな格好。オフの日バトル、という名目に合わせているのかお嬢様感すら控えめな彼女は、何というか普通に〝可愛い女の子〟といった様相だ。向こうも多少は気恥ずかしいのだろう、さっきから無意味に毛先を弄ったりしている。

そんな彩園寺は、紅玉の瞳をちらちらと俺へ向けながら改めて口を開いた。

「あんたと二人っきりっていうのはともかく……予選が免除されたのは普通にありがたいわね。配信系のイベントって、カメラが回ってる間はずっと気を張ってなきゃいけないんだもの。最後の最後に登場してさくっと勝つだけでいいなら楽でいいわ」

「当然のように勝てると思ってるところがお前らしいけどな。……で、どうする？」

「？　どうするって、何の話よ？」

「時間潰しの方法に決まってるだろうが。わざわざ歩き回らなくたって、適当な喫茶店か何かに籠もってれば二時間くらい余裕だろ？」

「……む。何よそれ、あたしと一緒にショッピングするのは嫌ってことかしら？」

俺の提案に対し、ほんの少しだけ唇を尖らせながら胸元で腕を組む彩園寺。

「え……」

対する俺は、ポカンと口を開いてしまう。……嫌かどうかで言えば、当然ながら全くもって嫌じゃない。単に〝選択肢に入っていなかった〟だけの話だ。俺と彼女はいわゆる敵同士であり、二人で仲良く行動するというのは基本的に有り得ない。

けれど彩園寺(さいおんじ)は、微(かす)かに赤くなった顔で続ける。

「今日は……今日だけは、大丈夫じゃない。合法的な言い訳があるんだから、二人でいたって誰も変には思わないわ。べ、別に、あたしはどっちでもいいのよ？　でも、あんたが後悔したら可哀想(かわいそう)だから……だから、一応言ってあげてるだけ！」

「……なるほど」

彩園寺の言い分を最後まで聞いて俺は小さく一つ頷(うなず)く。確かに、彼女の言う通りだ。喫茶店での愚痴会なら普段からやっているが、変装なしのショッピングともなると実現可能性はほぼ0になる。それが、なんと今日に限ってはノーリスクで楽しめるのだという。

「なら……スルーしちまうのは、さすがにもったいないよな」

だから俺は、微かに口角を持ち上げながらそんな答えを返すことにした。

――結論から言えば、俺たちの判断は大正解だった。

まず、そもそも周りの視線を（ほとんど）気にしなくていい外の空間というのが俺と彩園寺にとっては相当に珍しい。もちろん各店舗の店員はいるわけだから多少の注意は払っておかなきゃいけないわけだが、それくらいなら容易(たやす)いものだ。お互いに変装もしていない素の状態で肩を並べているだけで、ちょっとした非日常感すらある。

「〰〰〰♪」

そんな環境の後押しもあって、隣を歩く《女帝》彩園寺更紗(さらさ)は終始ご機嫌だった。最初に立ち寄ったカフェのレモネードを時折ちゅーちゅーと吸いながら、目に留まった店のショーウィンドウを片っ端から覗(のぞ)き込んでやいのやいのと言っていく。……こうしているとまるで普通の高校生カップルみたいだ。彩園寺が偽物(にせもの)のお嬢様ではなく〝朱羽莉奈(あかばねりな)〟のような振る舞いを見せているからこそ、不覚にもそんな幻想を抱いてしまう。

と、いうわけで。

「「た、楽しかった……」」

ショッピングを始めてから二時間近くがあっという間に過ぎた頃、最初のカフェに戻ってきた俺と彩園寺は、互いにぐったりと椅子にもたれてそんな言葉を零(こぼ)していた。

何というか――ただ単に色々な店を冷やかして回っていただけなのに、特筆すべきイベントなんて一度も起こらなかったのに、それがあまりにも楽しかった。が、まあこんな感情になるのも無理はないだろう。何しろ〝他愛(たあい)ない会話〟やら〝何気ないやり取り〟というのは、多分俺たちの日常から最もかけ離れている。

「はぁ～あ……」

木製の洒落たテーブルに片肘を突いて、対面の彩園寺がそっと嘆息を零した。

「ただのショッピングがこんなに楽しいとは思わなかったわね。よく考えたらあたし、趣味の買い物だって通販じゃなきゃできないし、クラスメイトと買い物に行くときは〝お嬢様〟してなきゃいけないし……等級の割に肩身が狭すぎないかしら、あたしたち」

「まあ、どっちも〝嘘つき〟だから仕方ないんだけどな……何にしても、今日は参加して良かったかもしれない。こんな副賞がもらえるとは思わなかった」

「同感ね。ま、本番はこの後なのだけど……」

んー、っと両手を大きく持ち上げて身体を解すように伸びをしてみせる彩園寺。その拍子に、豪奢な赤の長髪がふわりと俺の目の前で揺れる。

「…………」

そんな彼女を見つめながらぼんやりと思考を巡らせる。

今日一日を通して、少しだけ――ほんの少しだけ、俺がごく普通の転校生として学園島へ入学していた世界線を思い描かなかったと言えば嘘になる。目の前の少女が彩園寺更紗の替え玉になどなっておらず、どちらも何かを偽ることのない自分自身として出会っていたら。そうしたら、あんな風に〝普通の日常〟を過ごしていたのだろうか。

「？　……どうしたのよ、篠原？」

俺がそこまで考えた辺りで、対面の彩園寺が怪訝な様子で紅玉の瞳を向けてきた。

「急に黙りこくっちゃって……らしくないじゃない」

「ああ、いや……何ていうか、ちょっと〝普通〟ってやつの良さを改めて実感してたところだよ。お前もそうなんじゃないのか、彩園寺？」

「ん……まあそうね、今日が凄く楽しかったのは否定しないわ。でも……」

言いながら片手で頬杖を突いて、彩園寺は微かに口端を持ち上げる。

そうして一言、

「あたしにとっては、ちょっとだけ刺激が足りないかも。もちろん、たまにならも悪くないけれど……好みで言えば、あんたと過ごしてる〝日常〟の方がずっと上ね」

「……急にいいこと言うなよ、お前」

からかうように告げられた言葉に救われた気がして微かに苦笑を浮かべる俺。

ちなみに、だが——その後すぐに行われた決勝ラウンドでは俺と彩園寺が直接ぶつかった末に痛み分けとなり、ノーマークだった姫路白雪が漁夫の利を掠め取るような形で単独優勝したことだけはここに記しておく。

メイド服を纏った真面目で健気な後輩少女

liar liar

二学期学年別対抗戦、三年生編《習熟戦（リフレイン）》——。

越智春虎（おちはるとら）や霧谷凍夜（きりがやとうや）を始めとする《アルビオン》の策略により英明（えいめい）学園が窮地に立たされ、俺と姫路（ひめじ）が揃（そろ）ってルナ島から呼び戻される事態となった大規模《決闘（ゲーム）》。

これは、そんなイベント期間中の一幕である。


「ふぅ……」

——時刻は正午を少し回った辺り。

仮想現実空間（VR）から戻ってきた俺こと篠原緋呂斗（しのはらひろと）は、一瞬の浮遊感と酩酊（めいてい）感をやり過ごしてから静かに息を吐き出した。

現在俺たちが挑んでいる《習熟戦（リフレイン）》は、巨大な仮想現実空間（VR）を舞台にしたダンジョン攻略ゲームだ。各チームがそれぞれ他学区のダンジョンに攻め込み、そこで得たポイントを割り振ることで自学区のダンジョンを強化していく。そしてそれらの諸々（もろもろ）は、全て仮想現実空間（VR）で行われるわけだ。学園島（アカデミー）の仮想現実（VR）技術は相当に優れているため、体感としては現実世界とほとんど変わらないが……だからこそ、ということなのか、ログアウトした直後はやはり若干の違和感に襲われる。

「………」

そんなことを考えながら、俺はゆっくりとログイン装置を出ることにした。英明学園の特別棟に位置する一室。周囲には同じくログイン装置が並んでいて、俺とほぼ変わらないタイミングで英明の選抜メンバーたちが――つまり榎本進司、浅宮七瀬、秋月乃愛、姫路白雪の四人が相次いでこちらの世界に戻ってくるのが見て取れる。

――と、

「お疲れ様でした、先輩方！」

そこへ、不意に労いの声が投げ掛けられた。凛としていて明るく、それでいて純粋な敬意と好意をたっぷりと含んだ声音。振り返ってみれば、そこにいたのは俺たちの後輩にあたる少女――英明学園の一年生にして5ツ星ランカー・水上摩理だ。

「ああ……って」

素直に返事をしようとして、途中で口を噤む俺。……が、まあそうなってしまうのも無理はないだろう。真面目っ子の代名詞であり休日でも制服を着ていそうな彼女なのに、今の格好は普段のそれとまるで違う。白と紺の絶妙なコントラスト。滑らかな黒髪を彩る可愛らしいヘッドドレスに、フリルがたくさん付いた清楚可憐なロングスカート。

そう。

いわゆる、メイド服――というやつである。

「わ！　摩理ちゃん摩理ちゃん、どしたのそれ⁉　可愛い～‼」

その異変（？）に気付いたのは俺だけじゃなかったようだ。ログイン装置から飛び出した秋月がたたたっと水上に駆け寄り、興味津々といった様子でそんな質問を口にする。

「あ、はい！　その、実はですね……」

対する水上は、ほんの少し照れたようにはにかみながら切り出した。

「ついさっき、こちらに一ノ瀬学長がいらっしゃいまして」

「ほえ？　学長さんが？」

「はい。何か不便していることはないか、とのことで」

両手を身体の前で丁寧に揃えながらそんなことを言う水上。……俺にとっては嗜虐的かつ獰猛な学長でしかないのだが、あの人は意外と気が利くタイプらしい。

「ん～」

ともあれ、秋月がゆるふわのツインテールを微かに揺らしてこてりと首を傾げる。

「でもでも……それで、どうしてメイド服なの？」

「《習熟戦》に参加できない一年生の私が先輩方のお手伝いをしている、というお話をしたところ、それならぴったりの服がある……と。それで、こんなに素敵なお洋服をいただいてしまいました」

「あー……なるほどな」

得心と共に一つ頷く俺。筋が通っているようで実際には微塵も脈絡などない論理展開だが、まあ確かに一ノ瀬学長らしくはあるだろう。純粋な善意の裏に多少の下心が見え隠れしているのが分かるものの、水上が喜んでいるようだから特に文句の類はない。

「……にしても似合うな、それ」

そんなわけで、ほとんど無意識に称賛の言葉を口にする俺。真面目で健気な雰囲気の彼女にクラシカルなメイド服はとてもよく似合っていると言っていい。

「！」

瞬間、水上の表情がぱぁっと思いっきり華やいだ。

「本当ですか、篠原先輩!?　わ、わわ……あ、ありがとうございますっ！」

心の底から嬉しそうな声音でそう言って深々と礼をする水上。その拍子に流麗な黒髪がさらりと肩から流れ落ち、続けざまに俺の視線を奪おうとしてくる。

「むむ……」

——俺がそんなことを考えた刹那、不意に右隣から圧の強いジト目を感じた。

「なるほど……確かにとても可愛らしいですね。これは、ご主人様の専属メイドであるわたしの立場を脅かす可能性も……」

「い、いえいえ！　私なんて、白雪先輩に比べればまだまだまだですから！　ご迷惑でなければ色々と勉強させてください……！」

「……困りました。こんなに良い子では文句も言えません」

拗(す)ねたように言いながら白銀の髪をさらりと振ってみせる姫路(ひめじ)。

その辺りで会話の流れが一段落したことを悟ったのだろう――メイド服姿の水上は俺たち全員に身体(からだ)を向け直すと、ツアーガイドよろしく右手を掲げてこう言った。

「改めて、お帰りなさいませ先輩方。あちらの部屋に軽食を用意していますので、どうぞゆっくりと疲れを癒していってください！」


水上の用意してくれた軽食（彩り豊かなサンドイッチとミネストローネ的なスープのセットだった）は非常に美味(うま)かった。

おそらく《習熟戦(リフレイン)》の戦況を見守りながらじっくりと時間をかけて作ってくれたのだろう。本格的な味わいを堪能(たんのう)してから、俺たちはしばしの休息に入ることにする。

「――篠原先輩、どうぞ」

そこへ声を掛けてきたのは他でもない水上だった。相変わらずメイド服姿の彼女は、俺の目の前にコトンと白のティーカップを置いてくれる。仄(ほの)かな湯気を立ち上らせているそれは、どうやらストレートの紅茶らしい。

「ダージリンです。先輩方の疲れが少しでも取れるように、と」

「ああ、ありがとな」

　言って、当のティーカップにそっと口を付ける俺。紅茶の良し悪しなんて正直分からないが、それでも高級感のある香りと爽やかな渋みがじんわりと広がっていく。

「ふぁぁ～」

テーブルを挟んだ対面の席では、元モデルの金髪ギャルＪＫこと浅宮七瀬が感嘆の溜め息と共にゆるゆると首を振っている。

「もう、マリーってばマジで良い子すぎ。紅茶もやっぱ一味違うっていうか！」

「……ほう？　確かにこの紅茶は豊かな味わいだが、それが七瀬の子供舌に分かるとは驚きだな。普段は甘ったるいインスタントしか飲まないというのに」

「う、うっさい！　一言多いってのバカ進司！」

　恒例行事と言わんばかりに喧嘩腰のやり取りを交わす対面の二人。

　俺がそんな光景を苦笑交じりに眺めていると、傍らに立っていた水上が不意に流麗な黒髪を微かに揺らしてこんなことを訊いてきた。

「そういえば……篠原先輩。あのログイン装置のことですが、ずっと座っていると身体が痛くなったりしてきませんか？」

「ん？　ああ……まあ、そういうこともなくはないな」

　小さく頷く俺。

学園島の最新技術がこれでもかと詰め込まれた仮想現実空間、そしてそこへ突入するためのログイン装置。装置内の椅子は人間工学とやらに基づいた設計らしいが、さすがに何時間も連続で座っていればノーダメージというわけにもいかない。

「意識は完全に《決闘(ゲーム)》の中だから感覚的にはめちゃくちゃ動いてるんだけどな。それでも実際は座り続けてるわけだから、肩とか腰はかなり凝ってるような気がする」

「なるほど、やっぱりそうなんですね」

ふむ、と何やら得心したような表情で頷いてみせる水上。

そうして彼女は、ヘッドドレスの乗った黒髪を揺らしてこんな言葉を口にする。

「ええと……それでは、篠原先輩。今から先輩にマッサージをさせていただきたいのですが、よろしいでしょうか？」

「…………は？」

「ですからマッサージです、マッサージ。またの名を肩たたきや肩揉(かたも)みなど……いえ、呼び方は何でも構わないのですが」

「や、それは分かるんだけど……何でマッサージ？」

「それは——もちろん、今の私が〝メイドさん〟だから、です」

ちらりと視線を持ち上げながら、つまりは上目遣いのような体勢になってそんなことを言ってくる水上。……確かに、奉仕という意味ではマッサージもメイドの仕事に数えられるのかもしれない。ただ、そもそも水上はメイド服を着ているだけでメイドじゃない。そして俺は彼女の先輩であって、主というわけでも何でもない。

「…………」

助けを求めるつもりで周りを見渡してみる——が、榎本は相変わらずの仏頂面だし、浅宮は単なる羨ましそうな顔。秋月は何やら嫉妬に燃えた表情を浮かべていて、姫路に至っては冷たいジト目を繰り出している。少なくとも、止めてくれそうな気配はない。

故に、

「……それじゃあ、ちょっとだけ頼む」

「はい！　任せてください、先輩！」

俺の言葉に嬉しそうな返事を口にして、水上はくるりと俺の後ろに回り込んだ。次の瞬間、細い指先がそっと俺の肩に触れる。もちろん素肌が触れ合っているというわけではないが、それでも確かに感じる柔らかな感触と仄かな温度。次いで、ぐにゅっと指先が動いて肩の凝りを解してくれる。もみもみ、とんとん、ぐりぐりと施される水上摩理のマッサージは、掛け値なしに〝最高〟の一言だ。

（これは、予想以上に悪くな——）

「——いかがですか、篠原先輩？」

「っ!?」

……と。

そこへ、不意に囁くような声が投げ掛けられて、俺は思わず思考を止めた。声が聞こえたのは右耳の辺り、後ろで肩を揉んでくれている水上が腰を屈めて耳打ちをしてきているらしい。つまるところ、俺の耳のすぐ近くに水上の顔があるような状態だ。

「…………」

おそらく、彼女は無意識でやっているのだろう――単に、俺の顔を覗き込むためにはそうするしかないというだけの話だ。けれど俺からすれば、両肩に手を置かれながら至近距離まで顔を近付けられているような状態。まるでキスでもするかのような体勢だ。ふわりと漂ってくる清潔な香りに、一瞬で脳がバグってしまう。

故に俺は、さりげなく方針転換を打診してみる。

「あ、ああ……気持ちいい。気持ちいいんだけど……」

「？　もしかして、力加減が足りませんか？　では、もう少しだけ――」

「いや、そうじゃなくて……何ていうか、ちょっと近いような気が」

「あ、揉む場所の方でしたか。すみません、次はこの辺りを重点的に揉んでみますね？」

「～～～！」

一所懸命に奉仕を続ける真面目少女こと水上摩理と、内心ですっかり悶絶している俺。

「……これは、やはり相当な強敵ですね……」

そんな俺たちを、もとい水上を、姫路が対抗意識満々の瞳で見つめていた――。

小悪魔先輩と学ぶ！　大型イベント対策合宿

liar liar

十一月上旬——全島統一学園祭イベントこと《流星祭》の開幕を目前に控えたある日の夕方、俺はいつも通り英明学園からの帰路についていた。

「ん……」

澄ました顔で右隣を歩いているのは当然ながら姫路白雪だ。偽りの7ツ星である俺の専属メイド。半年前から俺の家に住み込みで（！）補佐をしてくれているため、もちろん帰り道だって常に一緒になる。

そしてもう一人、

「ね、ね、緋呂斗くん♪　乃愛、ちょっと提案があるんだけど♡」

姫路と反対側、つまり俺の左側に陣取ってあざとい声を零すのは秋月乃愛——英明学園高等部の三年生にして〝英明の小悪魔〟とも呼ばれる6ツ星ランカーだ。小柄な身体に不釣り合いなほど大きい胸やゆるふわな栗色ツインテールが何かと目を引く少女。低身長が故にあらゆる言動が自然と上目遣いになる彼女（とてもあざとい）は、仄かに甘い匂いを振り撒きながら跳ねるように言葉を継ぐ。

「もうすぐ《流星祭》が始まるでしょ？　学園島全体が盛り上がるおっきなお祭り……しかも、その報酬は色付き星だもん♪　緋呂斗くんももちろんやる気満々だよね？」

「ああ。ま、どうせやるなら勝っておきたいよな」

素っ気ない態度で小さく頷く俺。本当は〝勝っておきたい〟どころか〝勝たなければ俺の嘘が全てバレて破滅してしまう〟わけだが、それは俺や彩園寺が隠している裏事情を知らない秋月に話せるような内容ではもちろんない。

「にしても……《流星祭》がどうかしたのか、秋月？」

「うん！　実は乃愛、去年の《流星祭》の詳細データとかアーカイブ映像とか、ぜーんぶ残してあるの♪　ほら、緋呂斗くんって転校生だから《流星祭》のことはあんまり詳しくないでしょ？　だから乃愛と一緒に〝研究〟するのはどうかな、って思って♡」

「……おお、なるほどな」

あざとい声音で繰り出された核心的な発言にようやく得心する俺。

全島統一学園祭イベント《流星祭》のデータと録画映像……確かに、イベントの開催前にその辺りをチェックしておくというのは悪くない考えだ。去年と全く同じルールで展開されるわけじゃないのだが、雰囲気を掴むだけでもそれなりに意義がある。

「さすがですね、秋月様」

──と。

そこで声を発したのは他でもない姫路白雪だ。さらりと白銀の髪を揺らした彼女は、相変わらず澄み切った声音で言葉を紡ぐ。

「《ライブラ》の公式サイトに載っているダイジェスト映像はわたしの方で確認済みですが、元データを残しているとは……今回ばかりは素直に称賛いたします」

「えへへ、褒めてくれてありがと白雪ちゃん♡　ってことは、緋呂斗くんと乃愛の二人で仲良く見ても怒らないんだよね？」

「もちろんです、秋月様。それはご主人様にとっても有意義なことですので」

「やったぁ♪　それじゃ緋呂斗くんとのお泊り会、決定♡」

「……お泊り会？」

　秋月の放った単語に小さく眉を顰め、ほんの少しだけ低くなった声で鸚鵡返しに尋ねる姫路。迫力あるジト目に晒されながらも、秋月は全く怯むことなく続ける。

「そりゃそうだよ♪　だって、週明けには《流星祭》が始まっちゃうんだもん。ゆっくりしてたら全然最後まで見終わらないよ？　いいの？」

「いえ、ですが……わざわざ宿泊までする必要はないのでは？　年頃の女の子がご主人様と一つ屋根の下で眠るなど……その、不健全です」

「ええ～？　白雪ちゃんにだけは言われたくないんだけど……♡」

「……わたしは、ご主人様の専属メイドですので」

「じゃあ、乃愛は緋呂斗くんと白雪ちゃんのお友達だよ？」

「む、むむ……」

あざとさ全開の切り返しを受けてついに黙り込んでしまう姫路。彼女はしばらく無言で考え込んでいたが、やがて小さく息を吐きながら一言。

「冷蔵庫の食材が足りません。……買い出しにも付き合ってくださいね、秋月様？」

遠回しなＯＫの返事を聞いて、秋月は嬉しそうに「うん！」と頷いた。


「わぁ……すごいすごい！　何だか映画館みたいだね、緋呂斗くん♡」

帰り道の途中で諸々の買い出しを済ませ、慣れ親しんだ我が家に到着してしばし。リビング奥のシアタールームで《流星祭》の映像を流し始めるや否や、秋月はすぐ隣に座る俺を上目遣いで見つめながらそんな言葉を口にした。

「……まあ、な」

肩が触れ合う感触にドキッと心臓を高鳴らせながらも、それを隠してなるべく端的な答えを返す俺。シアタールーム――〝7ツ星仕様〟ということでやたらと豪華なこの部屋には、とんでもない大きさのモニターやら最新の立体音響システムやらが一通り導入されている。故に、映画館という表現はあながち間違っていない。

「えへへ♡　こうやって二人っきりだと、まるでデートみた――」

「――二人っきり、ではありませんが」

瞬間、秋月の台詞を遮るような形で口を挟んできたのは姫路だ。家に着くなり制服からメイド服に着替え、銀のトレイに三人分の紅茶を乗せて持ってきてくれた彼女は、それらをソファの前のローテーブルに置いてから俺の右隣にストンと腰掛ける。

　そうして、白銀の髪をさらりと揺らしながら一言。

「むやみにご主人様を篭絡しようとするのはお止めください、秋月様。イベント攻略のための調査と研究が目的ではなかったのですか？」

「え～、ちゃんとお勉強してるもん♪　でも、今回のイベントは《流星祭》だよ？　学園島屈指の恋愛イベントだよ？　イチャイチャしながら見るのが礼儀、っていうか♡」

「そんな礼儀があるかよ、おい……」

　秋月の主張に呆れ口調で返す俺。確かに《流星祭》というのは数えきれないくらいのカップルを生む行事らしいが、だからと言ってそこまで模倣する必要は無論ない。

　とにもかくにも――それから俺たちは、一旦映像を見るのに集中することにした。二時間ほどイベントの概要を確認してから姫路お手製の豪勢な夕食を堪能し、再びシアタールームに戻って《流星祭》で行われる各《競技》の研究に移行する。

　それを一時間ばかり続けた辺りで、秋月が小さく伸びをした。

「ん～～～……えへへ、乃愛ちょっとだけ疲れてきちゃったかも♪　せっかくだから一緒にお風呂入ろっか、緋呂斗くん♡」

「……不意打ちでとんでもない提案をしないでください、秋月様」

「え〜？　でもでも、白雪ちゃんはいつも一緒に入ってるんじゃないの？　住み込みのメイドさんだし、緋呂斗くんの背中とか流してあげてるんじゃないの？」

「一体どんな想像をされているのでしょうか。わたしがご主人様とお風呂に入ったことなど、ただの一度も――……ありません、よ？」

「むむ、ほんとかなぁ？」

　怪しい誤魔化し方をする姫路にムッと詰め寄る秋月。対する姫路の方は、何やら微かに頬を赤らめている。……いや、もちろん日頃から連れ立って湯船に浸かっているなんて事実は全くない。全くないが、それでも姫路が言葉に詰まったのは、五月期交流戦《アストラル》の際に一度だけ〝そういう状況〟になった経験があるからだろう。

「とにかく……」

　当の姫路は、気を取り直すようにそっと息を吐き出して続ける。

「ご主人様と秋月様を一緒にお風呂へなど行かせられません。いくらご主人様が聖人君子のような人格者でも、秋月様はその……何というか、色々と物凄いので。なので、絶対にダメです。……聞いていますか、ご主人様？」

「いや、あの……俺はそもそも立候補してないんだけどな」

　姫路のジト目にどうにかそんな言葉を返す俺。俺たちのやり取りを受けた秋月の方はと言えば、ぷくっと頬を膨らませながらも身軽な仕草でソファから立ち上がる。

「ちぇ〜。じゃあ、しょうがないから白雪（しらゆき）ちゃんと入ろうかな」

「わたしとですか？　まあ、それなら構いませんが……」

「やった♪　……ね、緋呂斗（ひろと）くん？　実は乃愛（のあ）、すっごく可愛（かわい）いパジャマ持ってきてるんだよ。えへへ、楽しみに待っててね♡」

　シアタールームを出る寸前にあざとい声音でそんなことを言い残して、秋月（あきづき）はくるりと俺に背を向けるのだった。


「お、おおお……」

　――それから一時間近くが経過した頃。

　部屋に戻ってきた二人を見て、俺は思わず感嘆の声を零（こぼ）した。

　もちろん、姫路（ひめじ）が抜群に可愛いのは言うまでもない。透け感のあるネグリジェにカーディガンを羽織った清楚（せいそ）な格好。見慣れているはずなのに、毎日のように見ているはずなのに、それでも目を離せなくなるほどの魔力がある。

　そして、隣に立つ秋月の格好もなかなかに刺激的だった。全体としてはふわふわもこもこ系のパジャマなのだが、胸の辺りが大胆に開いたデザインとなっており、ギャップやら何やらでとてつもない破壊力を実現している。二人とも風呂上がり特有の甘い香りを全身から立ち上らせていて、何というかくらくらするほど可愛らしい。

「えへへ、どうかな緋呂斗くん？　乃愛、可愛い？」

「あ、ああ……えっと、そうだな。普通に可愛いと思うぞ」

「……なるほど。ではご主人様、わたしはいかがでしょうか？」

「なんで張り合うんだよ……いや、もちろん姫路も可愛いけどさ」

　あざとさ全開の笑顔を振りまく秋月とそれに対抗する姫路に気圧され、素直な感想を口にする俺。……何というか、パジャマというのはやはり危険だ。ただ可愛いだけじゃなくオフ感に溢れているというか隙があるというか、ひたすらドキドキしてしまう。

「えへへ♪」

　そんな俺の言葉を受けて、パジャマ姿の秋月はトンっと勢いを付けて俺の隣に座り直した。そうして彼女は、改めて上目遣いでこちらを見つめながら一言。

「乃愛、お風呂入ったらちょっと眠たくなってきちゃった……ね、今日は緋呂斗くんの肩に寄り掛かって寝てもいい？」

「眠いのですか？　でしたら、わたしが秋月様の家まで送り届けて差し上げますが」

「ぶーぶー。もう、そういう意味じゃないのに～」

「全く、油断も隙もない方ですね……」

　涼しげな突っ込みで秋月を制しながらも同じくソファに座り直し、嘆息交じりに大型モニターを操作する姫路。直後、俺たちの眼前に再び展開されたのは《流星祭》のアーカイブ映像だ。来週から開幕する大型イベントの対策研究。

「ん……」

最初のうちは欠伸交じりに足を揺らしていた秋月だったが――時間が経つにつれて、その表情が真剣なものになっていくのが分かった。勝ち方を模索するように、情報を何一つ見逃さないように映像に見入っている。

（やっぱり真面目なんだよな。こういうところは、本当に――）

「――ふぇ？」

と。

俺がそこまで思考を巡らせた辺りで、不意にこちらを振り返った秋月と思いきり目が合った。彼女は驚いたように目をぱちくりとさせていたが、やがて嬉しそうに笑いながらふわりと身体をこちらへ近付けて続ける。

「あ……もしかして緋呂斗くん、乃愛ちゃんに見惚れてたんでしょ？　じゃあ、やっぱり乃愛たち両想いだね♡」

「……はいはい」

相変わらずな秋月に対し、俺は苦笑と共にそう言った。

先輩たちのサプライズ予行演習

liar liar

——十二月上旬。

二学期の目玉イベントの一つである《流星祭》が終わってしばしの時間が経った頃。

俺と姫路は、二人して英明学園の生徒会室に呼び出されていた。

「ふむ……」

長机の対面で寡黙に腕を組んでいるのは、千里眼の異名を持つ英明の生徒会長・榎本進司その人だ。常に冷静で頼れるリーダーである彼だが、今日はいつもの仏頂面ではなく妙に神妙な表情を浮かべている。

そんな榎本は、一つ息を吐き出してから静かに切り出した。

「篠原、それに姫路。わざわざ来てもらってすまない。今日は二人に質問……もとい、少し相談したいことがあってな」

「……相談？　珍しいな、榎本。そいつは《決闘》絡みのネタなのか？」

「榎本ではなく榎本先輩だ。ついでに言えば、その問いに対する答えは否だな。同学区の仲間に《決闘》のことを相談するなら、そもそも僕は〝すまない〟などと思わない」

「まあ、そりゃそうか」

得心して頷く俺。確かに《アストラル》やら《ＳＦＩＡ》のような学区対抗戦に関する話なら榎本だけの問題ということはない。その認識があった上でストレートな謝罪から入っている辺り、相談したい事柄というのは彼の個人的な悩みか何かなのだろう。

「それで……一体、どのようなご用件なのでしょうか？」

気を取り直すようにそんな問いを投げ掛けたのは姫路白雪（しらゆき）だ。英明学園の制服に身を包んだ彼女は、俺の隣で白銀の髪をさらりと揺らしている。

「深刻そうな雰囲気だったので、少し心配していたのですが……」

「む？　ああ、いや……別に深刻というほどのことではない。が、僕の力だけではどうにも解決できそうにない事案でな」

「榎本に解決できない問題なんてその時点で深刻に決まってるじゃねえか。何でもいいからとりあえず話してみてくれよ、先輩」

「ふむ。そうだな……では、まずは前提から話すことにしよう」

「ああ」

「二人も知っての通り、僕は少し前から七瀬（ななせ）と付き合うことになったのだが——」

「…………あ？」

身構えていたところとは全く別の方向から攻撃が飛んできたため、思わず妙な声を零（こぼ）してしまう俺。

いや——もちろん、榎本が発した事実を知らなかったというわけじゃない。6ツ星ランカー・浅宮七瀬。英明学園の三年生であり榎本とは幼馴染みの彼女だが、つい先日の《流星祭》を通じてその関係性が〃恋人〃に上書きされたと聞いている。まだ付き合い始めてから一ケ月ほどしか経っていない、出来立てのカップルというわけだ。

「まあ、それくらいは知ってるけど……だから何だよ、榎本。もしかして俺たちは、今から大量の惚気話でも聞かされるのか？」

「相談の〃前提〃だと言っているだろう。話は最後まで聞け、篠原」

むすっとした仏頂面で言い放つ榎本。逸れそうになった話の流れを元に戻すべく、長机の向こうの彼は静かに首を振りつつ淡々と続ける。

「そして、だ。恥じるようなことでもないのだが、僕はこれまで女性と交際した経験など欠片もない。故に最近、慣れ親しんだ七瀬を前にしているというのに振る舞い方が分からなくなる場面が多々あってな……そこで、普段からやたら女性に囲まれている篠原と、女性側の代表として姫路を呼ばせてもらったというわけだ」

「なるほど……〃すまない〃という言葉の意味がよく分かりました」

「ああ。何しろ、今回ばかりは完全な私事だからな……全く情けない限りだが、二人にも協力してもらえるとありがたい」

姫路の言葉に対し、対面の榎本がやれやれと息を吐きながら頭を下げる。……俺の認識が微妙に酷いような気はするが、ここは流しておくことにしよう。

「で……付き合い始めたのが最近って言ってもさ、浅宮とはそれこそ子供の頃から一緒だったんだろ？　クラスも同じだし、休みの日もしょっちゅう出掛けてるわけだし……今さら何が〝分からない〟っていうんだよ」

「う、む……そうだな。確かに、その通りではあるのだが……」

そう言って、榎本は少し困ったような表情で次なる言葉を探し始める。

ただ、まあ――実際のところ、彼の言わんとしていることは分からないでもない。榎本進司と浅宮七瀬と言えば〝犬猿の仲〟で有名な二人であり、一緒にいる時は常に文句を言い合っていた。裏を返せばそれだけ仲が良かったということなのだが、だからこそ〝幼馴染み〟から〝カップル〟という関係性へ進展した時に、逆にどう接していいか分からなくなる……というのは、何となく想像できる状況かもしれない。

「――たとえば、だ」

俺がそこまで思考を巡らせた辺りで、対面の榎本が静かに言葉を継いだ。

「つい先週、七瀬が〝家で作った〟と言って僕にクッキーを渡してきた。最近またお菓子作りの練習をしているとか何とか……」

「？　ええと、やはり惚気話ということでよろしいでしょうか？」

「だから違う。というか、相談というのはそのことだ。……以前の僕でも、差し入れをもらった際は何かしらの形で礼をしていた。テスト勉強を手伝ったり、買い物に付き合ったりな。しかし、そこでふと思ったんだ。幼馴染みから恋人になった以上、その辺りの諸々は〝礼〟でも何でもなく、単なる〝日常〟なのではないか――と」

「あー……まあ、確かに？」

思考回路がやや真面目過ぎるような気はするが、一応は納得できる言い分だ。姫路の方も白手袋に包まれた右手の指先を唇に当てながら「そうですね……」と呟いている。

「一般的にはそこまで深く考えたりしないと思いますが、シチュエーションを置き換えてみると想像しやすいかもしれません。たとえば、これがバレンタインデーなら。浅宮様が榎本様にチョコレートをプレゼントして、そのお返しが――つまりホワイトデーの贈り物が〝勉強〟だったと後で聞いたら、軽く絶句してしまう自信はあります」

「……だろう？　そして、こういった悩み事は今後も日常的に起こり得る。故に、今のうちに対応力を鍛えておきたいと思ってな」

だから恥を忍んで二人に声を掛けたわけだ、と説明を締め括る榎本。

「「……ん……」」

そんな彼の対面で、俺と姫路はそっと顔を見合わせる。……まとめてみれば、相談の内容自体は非常にシンプルだ。恋人である浅宮七瀬にお菓子をもらったがお返しはどうしたらいいと思うか、というもの。真面目な榎本らしい相談と言っていいだろう。

故にこそ、

「──なるほど、話は分かりました」

俺より先に真っ直ぐな返答を口にしたのは姫路白雪だ。彼女は改めて榎本の方へと身体を向け直しながら、不敵かつ澄み切った声音でこう告げる。

「目には目を、手作りには手作りを──です。今後控えるクリスマスやホワイトデーの予行演習といきましょう。覚悟しておいてくださいね、榎本様？」

「あ、ああ……では、お手柔らかに頼む」

静かな気迫を覗かせる姫路に対し、完全無欠の生徒会長はたじろぎながらそう言った。


「よ、っと……って、あれあれ？　意外、ホントに二人っきりなんだ」

──それから二日後。

俺は、一昨日と全く同じ場所……すなわち英明学園の生徒会室に浅宮七瀬を呼び出していた。鮮やかな金糸が眩しい元モデルのスーパー女子高生。彼女は長机を挟んだ俺の対面に座ってぐでーんと両手を投げ出している。

「ん～」

そんな浅宮の顔がちょこんと持ち上げられた。

「それで、どしたのシノ？　ウチに話があるなんて結構珍しいじゃん。なになに、もしかしてついに告白とか？　にひひ……7ツ星のシノにそこまで想われてるなんて、ウチも案外捨てたもんじゃないよね～」

「いやいや……何で告白なんだよ。榎本と付き合い始めたばっかりじゃねえか、アンタ」

「ぁ……そ、そうだった。ウチ、もう進司のカノジョ……なんだった。……ぅあう」

言いながら徐々に顔を赤くして、やがて照れ隠しのつもりか思いっきりテーブルに突っ伏してしまう浅宮。彼女と同じクラスに所属している秋月乃愛の話では、最近ことあるごとにこの手の話題で弄られては盛大な照れ姿を晒しまくっているらしいが……まあ、噂通りといったところか。

「あー、先にネタ晴らしをしておこうと思うんだけど……」

とにもかくにも、俺は人差し指で頬を掻きながらそっと口を開くことにする。

「実を言えば、浅宮に用があるのは俺じゃない。俺は浅宮のことを、ほんのちょっとの時間だけ〝ある人〟から引き離すための囮役――みたいなもんだ」

「……？　ある人、って？」

「いつも浅宮と一緒にいるやつなんて一人しかいないだろ」

「あ、進司のこと？　……って、そ、そんないつもいつも一緒にいるわけじゃないし！」

「いやいやいやいや……」

今日だって朝からずっと二人が一緒にいるものだから、なかなか例の準備ができずに困っていたくらいだ。故にこうして、俺が浅宮を呼び出す係を仰せつかった。

「そんなわけだから……まあ、要するに俺の出番はここまでなんだよな」

「へ？　って……わ！　な、なになに!?」

途端、浅宮が驚いたような声を上げる――が、それも当然の反応だろう。何しろ生徒会室の電気が唐突に落ち、窓に掛かった遮光カーテンも閉じられて、室内が薄暗闇に包まれたのだから。そんな暗がりの中を誰かが動く気配がして、浅宮がこくりと息を呑む。

そして、再び電気が点いた瞬間――

「ふむ……これが、いわゆる〝サプライズ〟というモノらしい」

――ぎゅっと目を瞑っていた浅宮の前に姿を現したのは、他でもない榎本進司だった。

「え、と……」

狙い通りに驚いてくれたのか、浅宮七瀬はぱちくりと目を丸くしている。

「な、なんで？　何のサプライズ？　っていうか、電気……どうやって？」

「電気とカーテンに関しては極秘の協力者とだけ言っておく。そしてサプライズの理由についてだが……先週、クッキーを作ってくれただろう？　そのお返しに、僕もちょっとしたお菓子を作ってみた。まあ、この演出は〝ついで〟のようなものだ」

「え!?　お返しって……あれ、ただテキトーに練習で作っただけなんだけど？　そ、そんなにちゃんとしてくれなくたって……」

「……ふむ、不要だったか？」

「ちょ、そんな寂しそうな顔するのズルいじゃん！　今のは、単なる照れ隠しっていうか何ていうか………嬉しいに、決まってるから」

榎本が差し出していたお菓子の包みを掻っ攫うように奪い取り、大事そうに胸元で抱える浅宮。それを見た榎本が、ほっと胸を撫で下ろす。

「ならば良かった。……ちなみに、感想はくれないのか？」

「う……」

そんな問いを受けた浅宮が、ちらりと傍らに立つ俺の方を見遣る。彼女は「う～！」と悶えつつしばらく迷っていたようだが、やがて顔を真っ赤にして一言。

「えっと、多分ウチ、嬉しくて変な顔しちゃうと思うから……だから、進司と二人だけの時に食べたい」

「――……そう、か」

傍から見ても可愛らしいその返答に、仏頂面の申し子である榎本の頬が微かに緩んだような気がしたが……その真偽については、残念ながら定かではない。

メイドはうさ耳を付けるとあざと可愛くなるらしい

liar liar

――とある冬の日、深夜。

「ふぁあ……」

遅めの風呂に入った俺は、気の抜けた欠伸と共に館の廊下を歩いていた。

俺が英明学園へ編入し、何だかんだで7ツ星（偽）となった途端に与えられたこの館は異常に広い。風呂を出てから自室へ至るまでの間に横幅の広い立派な階段がドドンと鎮座している辺りも含めて、家というよりは旅館とかホテルのような感覚だ。深夜ということで最低限の照明しか点けていないため、廊下はやや薄暗くなっている。

「って……ん？」

その道中で、俺はふと足を止めた。

それというのも、とある部屋から明かりが漏れていたからだ――廊下と室内を仕切る重厚な扉がわずかに開いており、隙間から白い光が零れ出している。部屋の持ち主は他でもない俺の専属メイド・姫路白雪その人である。

「……まだ起きてたのか、珍しいな」

思わずポツリと呟く俺。

現在の時刻は午前一時半だ。ついさっきまで某天才中学生にネットゲームのオンライン対戦をせがまれ続けていたため、既に普段の俺より遅い就寝時間となっている。いつも早起きして朝食の準備やら洗濯やらを行ってくれている女神こと姫路白雪はもっと早く寝ているはずだ。……というか、今日だって何時間か前に『おやすみなさい、ご主人様』とわざわざ挨拶しに来てくれた記憶があるのだが。

「まあ、詮索するようなことでもないか……」

全く気にならないと言えば嘘になるものの、人のプライベートに無断で立ち入るような趣味もない。小さく首を振って部屋に戻ろうとした、その時だった。

『――っぴょん。こう、でしょうか……なかなか難しいですね』

「……？」

謎の声、もとい擬音が聞こえて再び足を止める俺。

……気のせいだろうか？　たった今、部屋の中からやけに可愛らしい鳴き声らしきものが、聞き慣れた姫路の声音で流れてきたような。もちろん姫路の部屋なんだから彼女の声が聞こえてくるのは当然なのだが、それにしたって『ぴょん』だ。そんな三文字が発せられる状況なんて、日常生活では一瞬たりとも思い当たらない。

「ちょ、ちょっとだけ……」

尋常じゃない興味と好奇心に駆られた俺は、罪悪感を覚えながらも密かに扉へ顔を近付けてみることにした。うっかり物音を立ててしまわないよう慎重に慎重に、細く開いた扉の隙間からそっと室内に視線を遣る。

と——そこには、

「ぴょんっ。……やはり、少し違いますね。では、こう……ぴょん☆」

白銀の髪の上からうさ耳を取り付け、両手を顔の近くに添えながらあざと可愛いポーズを決めている専属メイドの姿があって。

「！？！？！？！」

あまりの光景に度肝を抜かれた俺は、それでも声は上げずに扉から身体を離した。いつの間にか心臓がバクバクと高鳴っている——それは〝うさ耳の姫路白雪〟という完成され過ぎたビジュアル（横顔しか見ていないが天才的なのは間違いない）のせいかもしれないし、それを盗み見てしまったという緊張感に由来するものなのかもしれない。

ただ、まあどちらにしても。

「な、何でうさ耳……？」

そんな疑問が残ったことだけは紛れもない事実だった。

——翌日。

　この日は休日であり、そのため少しばかりのんびりとした朝だった。いつも通り姫路が用意してくれた朝食に舌鼓を打ち、食後は熱い紅茶で一息つく。

「…………」

　ちなみに、定位置である俺の隣に座る姫路の格好は当然ながらメイド服だ。洗練された仕草でティーカップに唇を触れさせる様はまるで名画のようだが、しかしてその頭に〝うさ耳〟などという余計なオプションは付いていない。

「……？　どうかなさいましたか、ご主人様？」

　俺がじっと横顔を眺めていたことに気付いたのか、白銀の髪をさらりと揺らしながら碧(あお)の瞳をこちらへ向ける姫路。対する俺は、ドキッとしつつも咄嗟(とっさ)に首を横に振る。

「え？　あ、ああいや、何でも……」

「そうでしたか、それは失礼いたしました。……ちなみに、ご主人様」

と――。

　そのまま引き下がるかに思えた姫路だったが、彼女はほんの少し考えるような素振りを見せた後(のち)、椅子の角度を変えるようにして上半身ごとこちらを向いた。そうして微(かす)かに身を乗り出すと、やや上目遣いの体勢になってこんな問いを投げ掛けてくる。

「一つだけ質問をさせてください。ご主人様は……その、何かわたしに隠していることなどありませんか？」

「ッ！　か、隠してることって……何の話だよ、それ？」

「……いえ。何もないということであれば、それで問題はないのですが」

動揺でわずかに上擦った俺の返事を受けて、小さく首を横に振ってみせる姫路(ひめじ)。昨日の覗(のぞ)きがバレたのか、と思ったが、どうやらそういう趣旨の追及でもないらしい。

（っていうか、俺だって姫路に全く同じ質問をしたいところなんだけど……!?）

モヤモヤとした疑問がひたすらに頭の中を占拠する。

そんなわけだから——俺は、一人ばかり調査隊員を雇うことにした。


「!?　め、メイドのお姉ちゃんが、うさぎのお姉ちゃんになってる!!」

……その日の夜。

俺は、昨夜〝うさ耳モード〟の姫路を目撃するきっかけとなった少女——オッドアイの天才女子中学生こと椎名紬(しいなつむぎ)を引き連れて、再び姫路の部屋へと向かっていた。

もちろん姫路が連日うさ耳を装着している保証はどこにもなかったし、椎名を連れてきたところで何かが解決するわけでもないのだが、まあそれはそれだ。本格ミステリ並みに重厚なこの〝謎〟は、俺一人で抱えるにはちょっと難解すぎる。

「わわわ……」

しばらく扉の隙間から部屋の中を覗き込んでいた椎名だったが、彼女はやがてそっと扉

から身体を離して俺の方へと向き直った。そして——小声で会話するためだろう——ちょこんと背伸びするような形で俺の耳元に顔を近付けると、囁くような声音で続ける。

「お兄ちゃんお兄ちゃん、あれって何？　メイドのお姉ちゃんがうさぎさんになっちゃったの？　もしかして、そういう魔法!?」

「魔法かどうかは俺もよく知らないけど……椎名は、何か聞いてたりしないよな？」

「うん！　わたしも初めて見たよ、お兄ちゃん！」

薄暗闇に映える豪奢なゴスロリドレスを纏った椎名紬は、オッドアイの両目をキラキラと輝かせながらこくりと一つ頷いてみせる。唐突かつファンタジックな異常事態にわくわくが止まらないのか、その表情はいかにも楽しげだ。

「あのお耳、どうなってるんだろ……？　わたしは魔界を統べる王様だけど、向こうにもあんな魔物はいなかった気がする！」

「ん……確かに、うさぎがモチーフの魔物ってあんまり聞かないかもしれないな」

「ね、ね！　……でもでも、魔物じゃなければRPGのカジノとかでよく見るかも？」

「そのうさぎは違ううさぎだけど……いや、この場合は違わないのか？」

今の姫路はどちらかと言えばバニー的な存在なのだろうか。

そんなどうでもいいことを考えながら、少し気を抜いた俺がもう一度扉の隙間に視線と意識を向け直した——瞬間、だった。

「──……ご主人様？」

「お、わっ⁉」

真っ直ぐこちらを見つめるうさ耳メイド、もとい姫路白雪。……そう、そうだ。廊下から室内を覗き込もうとしていた俺たちを思いっきり見つめ返すような形で、扉の隙間から当の姫路がこっそり顔を覗かせていた。

「……ええと、その」

逡巡したように呟きながら、ひとまず大きく扉を開く姫路。微かな動揺を顔に浮かべた彼女が白銀の髪を揺らすと同時、頭の上のうさ耳もちょこんと軽やかに揺れる。

「こんな時間に何をなさっているのですか、お二人とも？」

「え、いや、あー、えっと……」

澄んだ碧の瞳に見つめられた俺は、色々な意味でしどろもどろになる。が……まあ、ここまで来たらストレートに訊いてしまった方が早いだろう。

「その……まず、覗いたのは悪かった。それに関しては謝らせてくれ。で、ここからは理由というか言い訳なんだけど……その、頭に付いてるうさ耳は何なんだ？」

「うんうん、教えてお姉ちゃん！」

「え。……これ、ですか？」

俺の質問を受け、ついでに椎名から熱心にせがまれて、白手袋に包まれた指先で自身の頭を——つまりはうさ耳を指し示してみせる姫路。彼女はそのままじっと俺を見つめていたが、やがてどこか困ったように首を傾げて尋ねてくる。

「一応付けてみたのですが……やはり、それだけではダメですか？」

「へ？　……いや、何の話だ？」

「かしこまりました。ご主人様がそこまで言うのであれば、専属メイドであるわたしも覚悟を決めて〝練習〟の成果をお見せしましょう」

そんな謎の前置きを口にするや否や、姫路はくるりと俺たちに背を向けて静かに部屋の中央まで進み、そこで再びこちらへ向き直った。もこもこパジャマを纏った彼女はそのままおもむろに両手をうさ耳の辺りへ添えると、上半身をわずかに右へ傾けて。

「——ぴょんっ♪」

いつもより数段甘えた声音で跳ねるようにそんなことを言う。

「————————」

その破壊力はまさに〝絶大〟の一言だった。ポーズを含めたうさ耳そのものが可愛いのもそうなのだが、普段とのギャップが激しすぎて何も考えられなくなってしまう。姫路は姫路で、長いうさ耳をぺたんと折り畳みながら頰を真っ赤に染めている。

「ぁ、あの……」

そんな彼女は、やがて照れを誤魔化すようにおずおずと口を開いた。

「いかがでしたか、ご主人様？　合格点に届いていると良いのですが……」

「合格って……何にだよ？」

「え？　いえ、その……ですから」

　不思議そうにさらりと白銀の髪を揺らして言葉を継ぐ姫路。

「このうさ耳は、数日前の掃除中にご主人様のお部屋で見つけてしまったアイテムなのです。つまり、ご主人様はこの手の趣味を持て余していること……そこで、専属メイドとして一肌脱いでみたのですが」

「………」

「……ドキドキ、していただけなかったでしょうか？」

「いや、めちゃくちゃドキドキしたけど……」

　色んな意味で心臓が高鳴りまくった二日間だったが、しかし。

「……それ、加賀谷さんが勝手に置いていったコスプレ衣装だぞ？」

「え……」

　予想外だったのだろう衝撃の事実に呆然と固まる姫路。

　その頭には相変わらず可愛いうさ耳が揺れていて、ついでに椎名も両手を頭に乗せてうさぎの真似をしていたりして……そんな二人を間近で眺めていた俺は、心の中でこっそり加賀谷さんへの感謝を叫ぶことにした。

英明学園のクリスマス会

liar liar

十二月の中旬、とある平日の放課後のこと。

学園島四番区英明学園の生徒会室には、この学園の主力である選抜メンバー勢がずらりと顔を揃えていた。榎本進司、浅宮七瀬、秋月乃愛の三年生組に、唯一の後輩である水上摩理。そこに篠原緋呂斗と姫路白雪を加えた計六人だ。

顔触れが顔触れだけにどうしても学区対抗の大型イベントを想像してしまうが、しかし直近でその手の《決闘》が行われる予定は特にない。年明け三学期に控えている《期末総力戦》のルールが開示されるのはしばらく先になるはずだ。

ならば、俺たちは一体何のために集まっているのか。

それは——

「ではでは……英明学園クリスマス会、開幕っ！」

——ソファから立ち上がって鮮やかな金糸をふわりと揺らした浅宮の号令と共に、長机の両サイドから複数のクラッカーが立て続けに景気の良い音を鳴らす。

そう。浅宮の言う通り、今日はお馴染みのメンバーで〝クリスマス会〟を行うことになっていた。会、といっても基本的にはケーキやチキンなんかを食べつつ雑談するだけのモノだが、それでも学校で放課後に……となるとさすがにテンションは上がる。

「えへへ♪　じゃあ、さっそくいただきま～す♡」

　左隣に座る秋月がそう言ってちょこんと腰を浮かせる。長机を埋め尽くさんばかりに広げられているのは、女子陣が腕によりをかけて作ってくれた豪勢な手料理――俺と榎本は主に買い出しを担当していた――の数々だ。ローストチキンにホワイトグラタンにミネストローネにポテトサラダなどなど、クリスマスらしさを感じる料理が勢揃いしている。お披露目はまだだが、冷蔵庫には手作りのホールケーキも冷やしてあった。

　あむ、とチーズの絡んだマカロニを口の中に放り込んだ秋月が、栗色のゆるふわツインテールを揺らしながら「ん～♡」と幸せそうに悶える。

「美味し～♡　えへへ、乃愛ってばまた料理の腕前が鍛えられちゃってるかも！　これならいつ緋呂斗くんと結婚しても大丈夫だよね♪」

「そのような未来は永遠に訪れませんので心配する必要は欠片もありませんが……確かにとても上達されましたね、秋月様。並々ならぬ努力を感じます」

「ありがと♪　ま、白雪ちゃんには全然敵わないけど……えへへ♡」

　俺を挟んだ両サイドでそんな会話を交わす姫路と秋月。顔を合わせる度に何かと煽り合っている二人だが、何だかんだで相性はそれほど悪くない。

「あ、あの……篠原先輩っ！」

　と――そこで俺に声を掛けてきたのは、斜め左前の席に座る水上摩理だった。流麗な黒髪をわずかに揺らした彼女は、少しだけ顔を赤らめながら上目遣いで言葉を紡ぐ。

「このスープ、白雪先輩に教えてもらいながら私が作ったものなんですが……その、お口に合うでしょうか？　塩加減とか、味の濃さとか……」

「へえ？　水上が作ったのか、これ。心配しなくてもめちゃくちゃ美味いぞ」

「！　あ、ありがとうございます……！　とても嬉しいですっ！」

ぱぁあああっと顔を明るくしながら俺に向かって丁寧なお辞儀をしてみせる水上。彼女が師事している万能メイド（姫路）は生来の教え上手だが、それはそれとして水上の呑み込みも相当に早いのだろう。やはり、彼女の〝後輩力〟には目を瞠るものがある。

「……ふぅ」

そんなやり取りを聞いていたのか、対面に座る榎本がこれ見よがしに溜め息を吐く。

「後輩の成長がこうも著しいのに、一方の七瀬と来たら……」

「う……な、何か文句でもあるワケ？　要らないなら進司は食べなくていいんだけど！」

「そのようなことは言っていないだろう。ただ単に、七瀬が作った料理は特に主張されなくても見た目で分かるな、というだけの話だ」

「だからそれが悪口だって言ってるんじゃん！　もう、進司はホントこれだから……」

ぷくぅっと頬を膨らませながら不満げに文句を言う浅宮。……だが、二人がつい先日から付き合い始めた幼馴染みカップルだという事実を加味すれば、全体的に〝痴話喧嘩〟にしか思えないというのが正直なところだった。何しろ俺には——というかおそらく榎本以外の誰にも——浅宮がどの料理を作ったかなんて見当も付かない。

とまあ、そんなこんなで楽しい時がしばし流れて。

テーブルが一通り片付いた辺りで、水上がそっと口を開いた。

「えっと……あの！　そろそろ、皆さんでプレゼント交換をしませんか!?」

ちら、と部屋の隅に視線を向けながら、うずうずとした〝期待〟を言葉にする水上。

そう——壁際に寄せられたもう一つのテーブルの上に乗せられているのは、綺麗(きれい)にラッピングされたプレゼントの数々だ。クリスマス会の定番、ということで、俺たち六人はそれぞれ一つずつ何かしらの品を持ち寄っていた。

「そだね、うん！」

水上の提案を受けて真っ先に頷(うなず)いたのは浅宮だ。鮮やかな金糸を指先でくるくるっと器用に弄(いじ)りつつ、彼女は「うーむ……」と首を振って続ける。

「にしても、どうやって配ろっか？　フツーは適当な音楽流しながらぐるぐる回して、止まったところで確定……ってカンジだけど」

「ふむ、却下だな」

「む。却下って……何がダメなの、進司？　ウチの案じゃ幼稚だとか言いたいワケ？」

「いいや、そうではない。幼稚でも何でもいいが……ここは学園島(アカデミー)だぞ？　運否天賦(うんぷてんぷ)でプレゼントが割り当てられるというのは、あまり相応しい方法ではない」

言いながら微かに口角を持ち上げた榎本は、ごそごそとポケットに手を突っ込んで何やら小さな箱を取り出してみせた。赤いチェックがあしらわれた紙製のケース。何のことはない、この世で最も一般的なトランプだ。

そんなものを長机の上に放りながら、榎本は得意げな仏頂面（？）で続ける。

「この場で凝った《決闘》を行うのはさすがに面倒だが——それでも、ババ抜きくらいなら許容範囲内だろう？　先に手札を全て捨て切った〝勝者〟から自由にプレゼントを選べる、という勝ち抜けシステムでどうだ」

「「!!」」

榎本の提案に大きな反応を見せたのは、俺の隣に座る秋月とその対面の水上だった。二人はごくりと唾を呑んでから揃って動揺交じりに口を開く。

「じゃあ、ババ抜きで勝ったら緋呂斗くんの——」

「——篠原先輩のプレゼントがもらえる、ということですか!?」

「？　ああ。別に篠原には限らないが、無論そういうことになるな」

怪訝な顔をしつつも静かに頷く榎本。

こうして、各々のプレゼントを賭けた〝ババ抜き大会〟が幕を開けた——。

「えへへ……甘いね、摩理ちゃん♪　そっちは乃愛が仕込んだ〝ハズレ〟だよ♡」

「にゃっ⁉　む、むむ……さすがは乃愛先輩です。ですが、まだまだ勝負は終わっていません！　これくらいは失策のうちに入りませんから……！」

――あれから十五分後。

榎本の発案で始まったババ抜き大会は中盤戦に差し掛かっていた。数あるトランプゲームの中でも〝ババ抜き〟は運要素の強いゲームだが、手札を任意で並べ替えることができたり、カードを引く際に相手の表情を確認できたり……という点では若干の心理戦要素も含まれている。だからこそ、秋月と水上の熱の入りようはかなりのものだった。

何しろ、いつの間にかコスプレをしている。

……あまりにも唐突だが、冗談や誤植の類ではなく本当にコスプレだ。秋月はトナカイの、水上はミニスカサンタの衣装をそれぞれ身に纏っている。二人ともよく似合っていて非常に可愛らしい――というのはこの場合さほど重要な話じゃなく、彼女たちによればこれは〝欲しいプレゼントを引き寄せるための願掛け〟らしい。

「…………」

「ご主人様、どうぞ。……？　あの、どうかされたのですか？」

「あ、ああ……悪い、じゃあこれで」

秋月と水上の戦いに気圧されていた俺は、姫路の声で我に返って差し出されたトランプを一枚引く。……何というか。秋月は普段から俺に全開の好意を寄せてくれていて、水上は先輩として純粋に俺を慕ってくれている。それらの感情は当然ながら非常に嬉しいのだが、ここでどちらかが勝ってしまうと少しやりづらいような気もしてしまう。

「む、むむむぅ……」「ええと、ここは……」

そんな俺の内心を知ってか知らずか、二人のバチバチはなおも続く。白熱した空気の中でじりじりとターンが進行して、そして――

「ふむ。……あがり、だな」

――最初に手札を全て捨てたのは、他でもない榎本進司その人だった。

秋月が「ふぇ？」と呆けたような声を上げ、水上も状況を把握できずにぱちくりと目を瞬かせる中、緩やかに腕組みをした榎本は静かに告げる。

「次から僕とババ抜きをする際は、毎ターン見えないところで手札をシャッフルすると良い。後半はほぼ全カードの所在が常に把握できていたぞ」

「うっわ……相変わらずウザいくらい記憶力いいじゃん、進司」

「そういう七瀬は国語の勉強を小一からやり直したらどうだ？　ウザい、という表現は誉め言葉に使う類のものではないだろう」

「や、そもそも褒めてないから。……で？」

微かに唇を尖らせた浅宮はむすっと片手で頬杖を突くと、鮮やかな金糸をさらりと揺らしながら隣の榎本に問い掛ける。

「ババ抜きは進司が一位になったけど……まさか、乃愛ちとかゆきりんとか、それかマリーのやつ選んだりしないよね？　可愛い幼馴染みの……か、カノジョの用意したプレゼントがあるんですケド？」

「？　だが、七瀬からのプレゼントならクリスマス当日に――」

「!?　そ、そそ、そういうのは言わないお約束じゃんバカ進司っ！」

　榎本からの返答を受け、途端に顔を真っ赤にしながら立ち上がる浅宮。……きっとクリスマスデートでもするんだろう。全く、仲睦まじくて何よりだ。

「えっと……そ、それで？　結局どれが欲しいワケ？」

「ああ。そうだな――僕は、これにしようと思う」

「「!?　え……ええええっ!?」」

　その瞬間、悲鳴のような声が部屋中に響き渡る――が、まあそれもそのはず。何せ、榎本が手に取ったのは俺が持ってきたプレゼントだったからだ。包みから出てきたのは男女兼用の分厚いマフラー。それを首に巻きながら、榎本は静かに嘆息してみせる。

「七瀬からのプレゼントは別で貰う予定があるし、他の女性陣に関しては先ほど釘を刺された通りだ。つまり僕からすれば篠原以外に選択肢がない。それに、勝者は好きなプレゼントを選んでいいというルールだからな」

「え……じゃ、じゃあもしかして、会長さんも緋呂斗くんのこと——」

「断じてそういう意味ではないが」

いつも通りの仏頂面で秋月の発言を切り捨てる榎本。……ひょっとして、俺に気を使ってくれたのだろうか？　水上と秋月のどちらが俺のプレゼントを手に入れても微妙にぎくしゃくする可能性があったから、だからババ抜きを提案して圧勝したのか？

だとしたらさすが生徒会長、としか言いようがない手腕だが。

「——あの、ご主人様」

俺が内心でそんなことを考えていると、右隣に座る姫路がそっと俺の耳元に唇を寄せてきた。微かな吐息が鼓膜を撫でるのと同時、白銀の髪が俺の眼前でさらりと揺れる。

「言わなくていいのですか？　交換会のそれとは別に、ご主人様は皆さまへのプレゼントをご準備していたはずですが……」

「ん？　ああ……いやまあ、そうなんだけど」

姫路の言葉に同意しつつもそっと人差し指で頬を掻く俺。そんな俺の視線の先では、今もなお『じゃあ摩理ちゃん、今度は白雪ちゃんのプレゼントを賭けて勝負しよ♪』『望むところです乃愛先輩……！』と、トナカイVSサンタの激戦が繰り広げられていて。

「……さすがに、水差しちゃ悪いしさ」

だから俺は、微かに口角を持ち上げながらそんな言葉を口にした。

あとがき

こんにちは、もしくはこんばんは。久追遥希(くおうはるき)です！

本作は『ライアー・ライアー』シリーズ初の短編集となっています。内容としては『月刊コミックアライブ』様で連載していた掌編を抜粋＆加筆修正したモノがたくさんと、書き下ろしの短編が一本。どちらもめっちゃくちゃ気合いが入っています！

『ライアー・ライアー』という作品はその性質上、普段は《決闘(ゲーム)》メインでラブコメは添えるだけ……という巻が非常に多いのですが、本SS内の短編はまさに真逆！　最初から最後まで、ひたすらヒロインたちの可愛(かわい)さに振り切っています。構成自体は作中の時系列順になっていますが、特に繋(つな)がりはないので好きな順番で読んでいただければと！

続きまして、謝辞です。

『月刊コミックアライブ』様での毎月連載でも最強のイラストで物語を彩り続けてくださっているkonomi先生。描き下ろしイラストは自分にとっても毎月のご褒美です……！

担当編集様、並びにMF文庫J編集部の皆様。おかげさまで、今巻は順調に仕上げることができました。本編もこのくらいのスケジュール感で……頑張り……ます……。

そして最後に、この本をお手に取ってくださった皆様に最大限の感謝を。

本編15巻も全力で頑張っておりますので、楽しみにお待ちいただければ幸いです!!

MF文庫J

ライアー・ライアーSS
嘘つき転校生は学園島で波乱万丈な日々を送っています。

2023年9月25日　初版発行

著者　久追遥希

発行者　山下直久

発行　株式会社 KADOKAWA
〒102-8177 東京都千代田区富士見 2-13-3
0570-002-301（ナビダイヤル）

印刷　株式会社広済堂ネクスト

製本　株式会社広済堂ネクスト

Printed in Japan　ISBN 978-4-04-682868-2 C0193

◇◇◇

出典：『ライアー・ライアー　Short Story』月刊コミックアライブ2019年11月号～2020年5月号、2020年8月号、2020年10月号～2020年11月号、2021年1月号、2021年3月号～2022年2月号、2022年5月号、2022年7月号、2022年9月～2022年11月号、2023年2月号～2023年3月号、2023年5月号、2023年9月号

【 ファンレター、作品のご感想をお待ちしています 】
〒102-0071 東京都千代田区富士見2-13-12
株式会社KADOKAWA　MF文庫J編集部気付「久追遥希先生」係「konomi（きのこのみ）先生」係